搂着大地等一颗星星

胡晟 著

贵州出版集团
贵州民族出版社

图书在版编目（CIP）数据

搂着大地等一颗星星 / 胡晟著. -- 贵阳 : 贵州民族出版社，2025.1 -- ISBN 978-7-5412-3056-1

Ⅰ．I227

中国国家版本馆CIP数据核字第2025HD6125号

搂着大地等一颗星星
LOUZHE DADI DENG YIKE XINGXING

著　　者｜胡　晟
图书策划｜李江山　魏润滋
责任编辑｜吴志强
责任校对｜邓　慧
装帧设计｜姜　龙　吴彬彬
出版发行｜贵州民族出版社
地　　址｜贵州省贵阳市观山湖区会展东路贵州出版集团18楼
邮　　编｜550081
印　　刷｜长沙裕锦印务实业有限公司
开　　本｜880 mm × 1092 mm　1/32
印　　张｜10.25
字　　数｜180千字
版　　次｜2025年1月第1版
印　　次｜2025年1月第1次印刷
书　　号｜ISBN 978-7-5412-3056-1
定　　价｜69.80元

版权所有，盗版必究

汨水源头的激情歌手
——读胡晟诗集《搂着大地等一颗星星》有感

我不会写诗，却崇敬诗人。

在我的心目中，诗人的创造与宝石匠仿佛：同样要经过无数次的精雕细琢，再将闪耀出非凡异彩的宝石珠玉镶嵌组合，制作成一件件赏心悦目的艺术品。

拜读了胡晟的诗集《搂着大地等一颗星星》之后，我忽然感觉上述比方并不十分贴切，因为它仅仅涉及诗歌写作最后一道工序的表面，远未概括每首诗从耕耘生活、构思选材乃至灵感勃发之际将洋溢的激情宣泄于笔端的漫长历程——撇去学艺的艰难不说，宝石匠的工作，至少还应该上溯到勘探宝藏、开采宝石那个源头吧。

胡晟开采诗歌宝藏的源头，是汨罗江上游那片沃土。

在那儿出生、成长、读书、参加工作，他一直关注着故乡的山山水水、父老乡亲，也反观自己的内心；可遇而不可求的创作感悟，就在生活与心灵的不断磨合中从容引发。于是，一首首诗歌如春华秋实应时而生，田垄与犁铧，村落与草木，种子与鸟群，以及山间的巨石、祖辈的扁担等意象，都成了他承载感情的符号、吐露心声的渠道，在他指挥的田园交响诗中，都拥有了各自与诗心碰撞所得的华彩乐章：

把自身燃烧之后 / 冬天救活了 / 冰，渐渐地融化 / 河流动了起来 // 一粒种子在温度中饱满和膨胀 / 父亲说，把它种到悬崖上去吧 / 后来，山成了我的母亲 // 吮吸着雷声和暴雨 / 我又一次复活 / 在高高的山崖上长成了一棵树……（《燃烧自己》）

二月的柳叶儿把春风剪细 / 种在菜叶上，种在小草上 / 种一条小船把夕阳拖走 / 留下我和树 / 在岁月里一起发芽（《发芽》）

其中不乏富有哲思的篇章：

一群鸟摇落一树叶子 / 把秋天埋得很深很深……鸟的翅膀剪断夕阳 / 一丝一丝地挂在我的睫毛上 / 熬出一份热量 / 让声音在天空中形成一个沸点（《一群鸟摇落一树叶子》）

一片绿失落在老屋旁边的空地上 / 变成了一片田野 / 田野褪色成了秋天 / 父亲挑着一担谷子 / 站在秋天的末端 / 掂量太阳落山时的分量……爷爷对父亲说，这井 / 挖得不是时候，只有冬天挖挖 / 才能把秋天和春天连接起来 // 父亲挖了一口井 / 把爷爷和我连接起来 /

我知道父亲，把自己变成了冬天//父亲去世后/村子里没有冬天了//那片宽阔的田野/直接由绿色变成金黄/年年如斯(《接链》)

艺术是博大的，偏于一隅、孤芳自赏，终究难成大器。胡晟不甘心做象牙塔里的梦者，而是心系国计民生、聚焦社会热点，这便构成了他诗歌创作的另一特色。

列夫·托尔斯泰曾将诗歌比作"在人的灵魂中燃烧、发光发热的一团火"，托翁所说的光和热，是指能够照亮和温暖读者心灵的内在意蕴，是涌动于诗句中的精神能量。

从胡晟的诗作中，我们常常可以感受到这种跳跃闪烁的光焰。

以时事新闻和英雄模范人物入诗，无疑是写作难度上的一种自我挑战。然而，作为一名激情洋溢的歌者，胡晟遵循自己的情感律动，下笔自由放达，了无做作。他深情地缅怀先烈(《握着八月的日子——写在"八一"建军节》)、悼念袁老(《怀念"杂交水稻之父"袁隆平——写在5·22这个特殊日子》)，也曾为抗疫英雄李文亮送行(《想下一场雪——为李文亮医生送行》)：

……想下一场雪/在你的脚下/让脚印深些更深些//想下一场雪/在高山顶上/等待哨音吹响/形成雪崩

从为江轮事故遇难者哭泣的《别了，东方之星》中，我们触摸到了诗人的悲悯情怀：

……历史翻晒着／一页页酸楚／大自然／摊开账簿／默默书写着／阵痛和喧嚣／呐喊和思考

写于抗洪期间的《一团火燃烧起来了——写在抗洪的日子里》《抗洪》等诗篇，则讴歌了集体的英勇壮举：

一双双赤脚／在手电筒的微光中丈量着起伏不定的波浪

……村里的铜锣响了／男男女女冲上堤坝……

献给扶贫勇士朱欣军的《我是一个兵——献给扶贫勇士朱欣军》中，作者含泪唱道：

这一步，他走得很艰辛／每一个脚印里／盛着浓浓汗水，蕴蓄浓浓乡情／他和老百姓一道／用血灌注一块红色土地／用信念支撑一片尽美蓝天

通过这些质朴的诗句，读者不难觉察到诗人那颗燃烧的心，感受到摇曳多姿烈烈扬扬饱含热能的绚烂光焰。

长时间专心致志地学习和精研，对文学创作者本人，必然是一种趋向于深度和广度的锤炼。通过这个过程，艺术的天性将日益敏锐、活跃，笔端涌出的文句会呈现更加繁盛壮美之态。从这部诗集里我们欣喜地看到，胡晟的诗在情感、形象和思想等各方面都登上了一个崭新的高度。

我特别喜爱诗集中收录的一首《诗歌祭》：

在笔尖下／超度四十年，未能成佛／只因为凡心未

尽//总是想那么多/织粗布衣的手是否长了老茧/搁置的犁铧是否生了锈/晚归的落日到家没//总是想那么远/类人猿变成人了没/炎黄走过的路上草有多深/屈原回来了吗/那条船呢，那个石头呢//一粒文字从诗歌里剥落/变成种子，发芽/像我，从母体剥落/种入凡尘//疲倦了/把一个句子打造成一根拐杖/撑着/走回自己的家//一樽酒，饮，醉/邀诗和明月/在桃园，义结金兰

我觉得，它既是作者思绪与客观世界遇合的自然表露，又可以看作诗人无意中泄露的写作秘诀——那一连串"总是想"在心头盘桓不已的，不正是一颗颗诗歌的种子，不正是文学创作的源头活水吗？

吴牧铃

2024年初冬于湘北幕阜山中

目录

第一章 心涛涌动

让心静下来　002

风，推了门一下　004

一条船哭不下去了　005

一滴眼泪打湿了落日　006

一颗流星把目光撞痛　008

想念春天　010

码头上，我像一颗失落的流星　012

阜山窑大师　013

站在汨罗江的上游过端午　014

你画的是一颗流星　017

累了，就歇一歇　019

南方的日子　021

博　弈　023

父亲走的不是时候　024

天边有一个人像你　　026

撕裂寒风的叫声　　028

我不在的时候　　029

突然之间我不喜欢温柔　　031

鸟的翅膀生了锈　　033

芯　片　034

信不信由你　　035

一盏心灯　　036

放飞自我　　038

这一切不是真的　　041

将一米阳光打包　　042

我们是两颗星星　　044

时光在手中颤动　　046

念　想　048

你把命运搁浅在我的肩膀上　　050

一滴泪，是我　　052

父亲的味道　　053

没有结果　　054

很想发一回宝　　056

这一切只是过去　　058

在烈火中永生　　060

大可不必把门关上　　062

带着一枚草叶出门　　063

过年的滋味　065

恋　067

两个人的夜晚　069

母亲，是一盏灯　071

母亲节，我屏住呼吸　073

燃烧自己　074

听　禅　075

一滴泪，被大地收藏

　　——写给离开平江的你　077

一张纸钱是一条船　081

医院的这些日子　083

第二章　岁月沉浮

我和狗都不孤单　086

燃烧自己的影子　088

风，把我从你的身上吹落　090

守候第一片叶子　091

每一个吻都憋死在你的嘴角　093

洗　漱　095

舌　头　096

一声鸟叫，让我变得孤独　097

在荒原上奔跑　099

突然之间　100

诗歌祭　101

超　脱　103

乘坐飞机　105

故乡在哪　107

发　芽　109

接　链　111

没有等到七七　113

切　115

一条江打造了一座坟墓　116

心乱的时候　119

天上的诗

　　——写在七夕节　121

我永远是一条小船　123

一只脚拔不出来　124

我真的缺氧　126

除草的女人　127

拐个弯，你看不见我　129

一群鸟摇落一树叶子　130

一粒种子的结局　132

坐在文字的火焰上涅槃　133

庙里抽签　135

变　形　136

大　寒　138

冬天里，有苍蝇的叫声　140

怀念"杂交水稻之父"袁隆平

  ——写在 5·22 这个特殊日子 141

季节的产物 144

今天是秋分 146

老家的石拱桥 148

霜　降 150

握着八月的日子

  ——写在"八一"建军节 152

"五一"国际劳动节像一枚叶子 154

小　年 156

一头牛

  ——写在牛年 157

一只鸟的失误 159

今日立秋

  ——写在妻子的生日 160

第三章 沧海茫茫

重阳节，在你的岸边搁浅 164

夏　至 166

告别 2018 167

祭　奠 169

同学聚会散了 171

岁月如歌

  ——写在大学分别三十年后相逢的日子 173

遇　见　175

我的奶奶我的歌

　　——写在奶奶八十寿诞　177

别了，东方之星　180

屈原，你回来了　184

船票依旧　187

过　年　191

一团火燃烧起来了

　　——写在抗洪的日子里　193

邵东行　197

我是一个兵

　　——献给扶贫勇士朱欣军　200

立　夏　205

清明，在一支香上燃烧　207

接近年关的日子　209

守在母亲的病榻前　210

记忆老屋　211

昨夜有风　213

大　雪　215

冬天的一场雨　217

放　羊　219

父亲节的守望　220

狗　命　222

猴石（组诗）　224

抗　洪　227

每一次谎言都是一次罪孽　229

让灵魂归位　231

守　街　233

雪地上，一只受伤的鸭子在走　234

一个鸟窝摇摇欲坠　236

第四章 风景怡情

第一声春雷　240

夜，很小很小　241

站在夕阳上看山　242

渡　口　244

汨罗江上，一个灵魂站了起来　245

想下一场雪
　　——为李文亮医生送行　248

黄昏，愈洗愈亮　249

到连云山采茶　251

黄姚古镇　252

夜宿幕阜山　253

海上看日出　255

一枚叶子　256

树上的鸟儿　　257

冬天里的（组诗）　　258

孤岛风景　　261

家乡的老水库　　262

冬天的花　　264

采风九狮寨　　266

清晨，街上没有脚印　　268

拍　照　　270

落日卡在高楼的缝隙中　　272

游张谷英村　　273

连云山上采九狮茶　　275

站在山顶上看秋天　　278

看　海　　280

九龙江情怀　　282

春天的倒影
　　——写在立春之日　　285

春天的大雪　　287

虎年初一的早晨　　289

季节在树下转来转去　　290

今夜有月　　291

汨罗江，弯了又弯　　293

一场雪的想象　　296

一场雨要持续下去　　298

一抹阳光　　300

游宝峰湖　　301

后　记　　303

第一章 心涛涌动

让心静下来

让心静下来的时候，日子已走到大年三十
大年三十的夜晚像炸爆米花
一声闷响，玉米开了花，心也开了花

船总是让港湾疲倦
躺在船上的竹竿一动不动
数，来来往往的星星和月亮
唯有船翁独自摇晃着一壶滚烫的烧酒
咪，一口醉倒

天地很宽
宽得连雪崩的声音也显得孱弱无力
三月沉睡着没有醒
蛙声，鹅卵石般撞击春天
我和你的空间变得越来越小，小成一条河
两个影子像两条鲫鱼在河里游荡，老是静不下来

静下来吧,把心关进木鱼

让每次手起手落

变成护送灵魂远行的禅音

风,推了门一下

风
将门推了一下
又推了一下
再推,门眼开一线缝

一个声音从门缝中冒出来
夭折

我,守在门外
像一颗小草
枯了又荣

一条船哭不下去了

在秋天的末端
一条河变得越来越瘦
瘦得和一条船共命运

船哭一下
河水沉一下
再哭,船上了岸

等船的人像赶集
从岸的这一边蜂拥到那一边

船翁,用烟斗把剩下的岁月点燃
显然,船哭不下去了

一滴眼泪打湿了落日

心，浮在池塘上
像一枚荷叶，等待着一滴露水
缝补干涸

心累的时候就往下沉一沉
水，可以给你清凉
你可以看到鱼虾在水里休闲时的千姿百态

其实，累就是不累，有即无
你看见的我其实也不是我
那是镜中的影子

不要把得失放到天平上去称
一称，你就没有了分量
你会觉得天平翘起的那一头
原来是一个支点

心，靠不了岸的时候想想水草

六月的洪峰之上

水草可以弄潮

一滴眼泪打湿了落日

落日从此变得沉重

一颗流星把目光撞痛

推开窗户
一颗流星撞痛了目光
流星消逝了
疼痛留在窗口

牵牛花生命力很旺盛
和我的思念一起纠结
我抚摸落霞的时候
你把花藤掐断
像掐断我唯一的欲望

夜的世界可以超然,可以幻想
我坐在一颗星星上
风一吹
就掉进了你的怀抱

月亮在天上走

我在地上走

一种相遇成为一种习惯

我和你相遇其实是一种偶然

在悬崖边的那座独木桥上

我们相遇无法侧身而过

只有拥抱，才能延续彼此

夜晚是我约会你的时候

我知道你不会赴约

我只好把时间切成两半

黑夜留给自己

白天留给远方

想念春天

想你的时候

拉一拉窗外的叶子

叶子动一下,我的心抖一下

天下着雨,很大

不知你的日子淋湿没有

其实,那不是雨,那是一滴相思的眼泪

一缕阳光拱开云的大门

像一粒种子拱开自身的坚壳

在新的生命诞生之时

你的手紧紧捏着我

把我捏成一只小小鸟

放在密室里烧,烧成你的模样

把灵魂安放在你胸前的山峰上
我用男人的雄性探秘你封存的禁地
才知道，岁月已经苍老
你胚胎里的那个茧
长成了我致命的伤痛

码头上，我像一颗失落的流星

站在渡口，等
与自己的影子重合

一抹夕阳把溪水染出颜色
在波光中浮沉的影子
总靠不了岸

花，枯萎在手中
一滴泪像一只蜜蜂死死地趴在花瓣上
没有动弹

季风送走了一条船
码头上
我像一颗失落的流星

月亮升起来了，蛙声一张一合
像把剪刀
剪开了黑洞

阜山窑大师

把一团泥捏成一个人的模样
一烧
烧成一尊佛
许多人在佛的膝下磕头

其实这个模样就是大师

大师死后许多人叹息
失去了一双好手

若干年后大师变成了一团泥
又被后来的大师捏成人的模样
放进阜山窑烧

大师成了佛

站在汨罗江的上游过端午

(一)

用粽叶把自己裹紧

裹出棱角,抛进汨罗江

一朵浪花唤醒鱼虾

一朵浪花唤醒屈原

(二)

早晨的炊烟格外清新

把早起的雄鸡的叫声拉长

拴在门前的柳叶儿上

柳叶儿飘一下

雄鸡叫一下

山村的眼睛睁一下

（三）

握着一枝艾叶在汨罗江的源头除邪

江水变得清澈

屈原的双眼

燃烧着楚国的天空

他的剑从水底跃起

把龙舟的鼓点削成一阵急促的脚步

（四）

坐在一个石头上

一杯酒斟满两千多年的心酸

饮，是泪

不饮，是痛

一个影子破碎在江面

和一杯酒打造成一个共同的结局

（五）

你，走过来，握着一卷书

手分明在战栗

把一江波涛摇得翻天覆地

你问天,问地,问谁

最终你问了一江春水

江水没有向东

和你,一同西去

(六)

一阵雨把我淋湿

不打雨伞在江边行走是一种惬意

有一片蛙声叫出仲夏的清凉

有一弯星月

伴我踽踽而行

(七)

一个人没有来

我端起一杯酒

碰……

你画的是一颗流星

你那样子,在找谁
埋着头,一动不动
握着画笔的手在西风中抖动

路上没有人
只有一只秃头的小鸟带着我
在林间穿行,寻找遗失的脚印

一块巨大的岩石下面
我和你的拥抱长成了一对原始的根雕
岩石上的流水
把我们生命的特征洗得非常清晰

白皙的肌肤将我的目光风化
那是风
撩起了月光的连衣裙

我站在你神情专注的视野里

摇滚

其实,你的笔

是在画天边那颗流星

累了,就歇一歇

很累,背着一团云行走

云被雨湿透了

山很高,一层层石级

像一张结实的梯子

压在父亲的肩膀上

我爬,我一直爬

梯子站在父亲的肩上

我站在梯子的肩上

云站在我的肩上

神仙站在云的肩上

那天,父亲躺倒了

神仙重重地摔在父亲的脚下

父亲没有歇过,像头牛

一歇,就再没有起来

干久了就歇一会儿吧

也许一声鸟叫

会给你带来一个美丽的清晨

走累了,就歇一歇

看看来时的路

绕过了几道弯

南方的日子

南方的日子,没有雪

南方的日子,天和地粘在一起

南方的日子,你拿着一朵花

站在海边让风吹

把记忆吹到海里,在浪尖上长成海鸥

我在北方

北方的雪把我的相思掩埋

一只挣扎的信鸽

脱离不了捕猎者的缰绳

你走的时候是梅雨季节

梅雨把你的眼泪淋湿

我送给你的那把油纸伞

已撑不起你心中的风风雨雨

你说你去南方,乘一条竹筏

沿着汨罗江,沿着洞庭湖
沿着你画在纸上送给我的那个港湾

我坐在港湾等你,岁月浸白了头发
你没有上岸
只有那片黑色的海
一口一口地吞食我的目光

南方的日子好潮湿
像昨夜的一场梦

博　弈

一头老水牛在河里游泳
掀起的波浪把一条空船挤得很远
我站在岸边
看他们博弈

一条鱼跃出水面
在夕阳里亮了一个相
第二条鱼做着同样的动作

小牛崽在岸边惊跳着
杂乱的叫声把放牛娃逗得前仰后合
不停地翻着斤斗
平静的沙滩突然变得恐慌

夕阳走了
老水牛也走了
一条空船，在河里晃悠

父亲走的不是时候

父亲走的时候
刚好赶上一场暴雪

所有的楠竹都低头弯腰
松树、杉树、榆树被摧残得缺肢断臂
老天给大地的一剂寒药下得太猛

听不到一只鸟儿的歌唱
只有溪水,流着冰冷的血

世界就这么巧
把父亲的死和一场雪结合得天衣无缝
让我看到父亲走过来和走过去的脚印
看到一场雪冻死一群虫子
看到一场雪过后一束阳光来临的希望

风把父亲送走
把我身上的一件棉袄吹落

我注定要得伤寒

骨子要在这冰天雪地里冻硬

烧些纸钱给父亲作盘缠

父亲没有收

那堆灰烬还待在灵柩前的铁盆子里

走之前,父亲为自己写了一副挽联

涉世养清风不怕阎罗出点子

游仙凭正气何惧狱卒找麻烦

横批:多谢众人

父亲在灵车上走

我在灵肉里走

我们都走自己的路

走上各自的归宿

天边有一个人像你

天边有一个人像你
变红,变蓝,变青
打雷的时候下着雨
那是一朵云

所有的山都在雨中奔跑
跑进你的酒窝,煮成泪水
养成两个湖泊
那是你明亮的双眼
让我一会儿浮沉

我触摸你的手
像触摸地震时的一棵树
树根下是天崩地裂
树梢头是风情万种

醒来的时候车已到站

一股风从身边刮过

像一把刀

在我的痛处，留下一道深痕

撕裂寒风的叫声

谁在撕裂寒风的叫声
像撕裂一块破布
布断了,线牵着

一只乌鸦从树上摔下来
摔坏了嘴巴,因为昨天
它的叫声引发了一场洪水

云层里没有风
飞机下面的暗流
是我们谈恋爱时期的黑洞
我守候的洞口
是你的一双眼睛

撕了就撕了吧
把我撕开一个口子
你钻进去的时候,记得带上
那个有布谷鸟的季节

我不在的时候

我不在的时候
你牵着谁的手,背影
把夕阳拖得很长很长
一直拖到我的心上,像一把刀

我不在的时候
你和谁一起干杯,酒气
洒满一地,醉了一轮月亮
也醉了五月的牵挂

我不在的时候
谁为你烧火做饭,汤匙
放在碗柜里的上一层
喝汤的时候别烫伤了嘴唇
因为嘴唇可以帮你唤回春天

我不在的时候
你的院子很空荡

那棵苦楝树需要阳光
我会把头上的乌云吹散
让它长成我的模样

我不在的时候
你枕着月亮睡吧
因为她会使你心境明亮
如同枕着故乡

突然之间我不喜欢温柔

涨水的时候
一只木盆子飘到浅水湾
木盆子里一只青蛙惶恐不安

一个恶浪翻过来
浅水湾一声惊叫
木盆子和青蛙去了远方

洪水泛滥过后
一行浅浅的脚印
在收拾沙滩上的残枝败叶
那张破渔网挂在河边的老树干上
没有捕捉到一丝痛苦和悲伤

夏天的脸越是温柔
我的内心越是害怕
像今天的一场突如其来的暴雨

把我的浑身涮个精光

大自然暴露在我的胯下

我，走进了人类的原始

突然之间我不喜欢温柔

愿一挂鞭子

抽痛我的灵魂

鸟的翅膀生了锈

天被冻得青一块，紫一块
挂在折断的柳枝上，摇摇晃晃
我坐在雪地的一角
用双手搓那个寒冷的岁月

鸟的翅膀生了锈
站在独木桩上一动不动
把一河水封冻起来

猎人的枪管是一个黑洞
一声巨响
翅膀把夕阳染红

我的眼睛突然昏暗
那颗子弹打中的
分明是我的十环

芯 片

你把芯片换了
一换,又换,再换
换成了我
我生锈了,你就换不动了

生锈是一种病
你越擦,它越痛

信不信由你

我的心很小，小到只能容下你

你膨胀的时候

我的胸有点痛

就像冬天来临时秋天有点痛一样

挡不住的北风

让你瘦成一根枝条

伸进我的世界

如果有一天河流干涸了

你陪不陪我睡

一觉把白天和黑夜睡成两半

你在清晨歌唱的时候

我还在梦里打鼾

信不信由你

你昨夜的那一顿唠叨

在我的生命中长成了一片草地

一盏心灯

把心点燃
思念一节一节焚烧
一节一节脱落

灵魂关在笼子里
背着远行的行囊
静静地打坐

一声哨音刚刚脱离母体
起飞
又被枷锁锁着
带回江城,带回坟墓

"新冠"沿着铁链爬行
龟蛇闭眼,黄鹤闭声

江夏被痛苦的声音淹没

走的走了,留的留下

长江之殇

在洞庭和潘阳刻下两道深深的疤痕

放飞自我

把笼子打开

放飞自己

你的翅膀会感受天空的豁达和大地的坦荡

窒息是因为你把心窗关得太紧

窗外那支绿色小夜曲

无法叩响你颤动的心房

走,到外面去

让春雨将你淋个够

让春风撕去你的伪装

回归自然吧,一丝不挂是人类的返璞

抛弃一切欲望和压抑

你的心中便有了骏马奔驰,有了山高水长,有了迷人的牧场

驾一叶扁舟驶进大海吧

他的博大宽广,他的磅礴气势

会让你的琴声回肠荡气

让你的鼓点亢奋昂扬

不要再绑架自己

那个沉重的石头已让汨罗江咆哮了两千多年

不要再逡巡河边

八月的秋风已卷不起茅屋上的几重忧伤

用一支笔点亮夜空的群星灿烂

用一张嘴喝断逆行的倒海翻江

不要使你的情怀和思想胎死腹中

要哭,就哭出夏天一场暴雨的模样

要笑,就笑出春天一般惊雷的悲壮

霜的覆盖只是给生活点缀一层白色诗意

雪的飘零只是给把酒增添两份逸兴豪情

干一杯,仰天高歌

咪两口,低眉浅唱

杨柳岸,晓风残月,何须寻寻觅觅

大梦中,铁马冰河,自当爽爽朗朗

来吧,像大鹏一样展开双翅

剪开一团迷雾

朝着蓝天白日勇猛翱翔

这一切不是真的

你真的把我睡了
抚摸你的手时感觉到皮肤很细嫩
其实那是我的左手抚摸右手
我并没有醒
和你的对白是一段梦话

记得天没亮的时候你走了
走的时候门没有响
响的是你身后的一阵风
还有你的抽泣声

地平线是一条河流
日落的时候
我们被卷进同一个黑洞
黑洞里,你的每一阵呼吸
是触动我全身的电流

将一米阳光打包

天空没有云的时候
就将一米阳光打包,快递
里面包着
一朵玫瑰和我的一双眼睛

其实,还有一只蜜蜂
在等候花的静静开放
那张亲吻花蕊的小嘴
是在酿制你甜蜜的生活

一只雁在传递一种声音
那是我的心跳摩擦秋天释放的禅音

叶子老了,还有树
秋天老了,还有故乡
我老了,你的头上是不是多了一根白发

坐在家门前的老石墩上

我端起一杯酒

连同你，一饮而尽

我们是两颗星星

我吻你的额头时
你和蛾眉月一样闭着眼
再吻时,天地一片漆黑

溪水很急
把鸟的叫声和几朵花瓣都冲到了沙滩上
一个少年摇着一条小船在浪尖上唱歌
这一切,我是伏在你的胸口上听出来的
你的心跳像只小鹿
一蹦,蹦到了我的草地上

其实你的手放在一枚叶子的下面
等待清晨的第一滴露珠
从我的眼角滑落

坐在银河边上
你说我们是两颗星星

天上的那颗是你

水里的那颗是我

我知道

水里的星星其实是天上的影子

时光在手中颤动

昨夜,狂风兼暴雨

树叶和黑暗越过窗口将我掩埋

欲望,在痛苦中翻越围墙

像一根伸展的藤蔓,顷刻被风折断

心,在恐惧中跳跃

手,紧紧抓住一根稻草

在狂风中不停地瑟缩

母亲说,夏天记得关好窗户

晴雨无常

就是风平浪静

也会有蚊虫飞进飞出,吸你的血

我抱着一个空花瓶

看着风把紫罗兰刮走

看着风把紫罗兰蹂躏

看着紫罗兰枯萎

我一下子痉挛起来
时光在手里不停地颤动

站在河的中央
我像一块礁石
迎接一次又一次浪涛的洗涤

念　想

其实，泰山绝顶也是一个念想
想想小天下是个什么滋味
想想看日出是个什么滋味
想想你拉着我的手攀崖
然后又松开是个什么滋味

念想能捕捉一个灵魂追赶另一个灵魂
念想能捕捉萤火虫的光照亮夏天
念想有时干燥得像烈火
有时湿润得像眼泪

嘴巴很干渴的时候
一滴水，是一个盼头
当一杯水喝完
你会想到一条河，一片汪洋大海

一条蛇，咬破春天的苏醒

夏天的炎热便是它的毒
我是一棵小草
在毒液中注定要干枯
像一头衰老的牛
它的命运只是一个念想

有一天
我躺在一堆厚厚的干柴之上
请别忘记,给我一把火

你把命运搁浅在我的肩膀上

突然之间,你紧紧抓住我的手
原来你一脚踏空
险些掉下悬崖

一朵花从我的手中滑落
在悬崖下面
溅起一朵浪花

从此生命中有了花的概念
每年春天到来
我站在山坡上看
你开在哪里

从此,生命里有了悬崖的概念
车到山前的时候
我下车看看路

你把命运搁浅在我的肩膀上

其实我知道,你要的不是一个肩膀

而是一座大山

一滴泪,是我

你想起故乡时分娩了我
我成了你落日时分的孤儿

遥远的地方通过我的洗涤变得很近
近到可以触摸
可以用一头长发遮盖一双血红的眼睛

没有比一只鸭子在池塘里春泳更快活
因为它和影子成双成对
像那天晚上你站在月光下等一曲短笛

坐在沙滩上
我用脚尖雕刻夕阳
夕阳越远
我长得越大

父亲的味道

一座山,又一座山
还是一座山

爷爷带着父亲,父亲带着锄头
锄头带着瘦削的青春

汗水将山头整出一条条皱纹
岁月将额头整出一块块土地
我接过父亲嘱托的时候
山上长满了菊花

推开门,清风送来一丝甜蜜
那是父亲的味道

没有结果

吊在悬崖上的工人用冲击钻打穿了崖石
几千年的乳汁流了出来
从此,石头变得丰满
历史变得干瘪

干瘪得像一线天
干瘪得像一座独木桥
干瘪得像一张发黄的书页
翻过去又覆过来

春天枯萎了
大地的燥热燃烧着夏天
在沙滩上蒸发的时候
像你的背影收拾一抹残阳

怎么走也走不过去
那道屏障是心的隔膜
即使是秋天的瓜熟蒂落
我得到的还是那根枯藤

很想发一回宝①

很想发一回宝
从石头缝里把天肩翻
太阳发生爆炸
灼人的火光到处散落

很想发一回宝
把尿拉到裤子里
让江河在胯下纵横

很想发一回宝
一拳砸烂自己的脑壳
让眼睛飞上天空
在漆黑的世界里
闪闪发光

---

① 发宝:湖南平江方言,意思相当于一般人所说的"发神经",即让行为和情绪突然失控,做出常人意想不到的事。

很想发一回宝

把牙齿打掉吞进肚子

长成一座坚实的山峰

挡住从山外刮过来的北风

很想发一回宝

点一把火

让大地熊熊燃烧

让自己炼狱的灵魂在烈火中安息

这一切只是过去

我和你相遇在一滴朝露上
两只翅膀敲打着清晨的温柔

你张开胸脯露出一朵山茶花
我扑在花蕊上吮吸
像一只蜜蜂采集自己的花蜜
一丝不苟

一片蓝天倾泻下来的时候
像一只冲浪的船溅起的浪花
一声惊叫过后落在浅浅的沙滩上
构筑成春天的梦境

这一切只是过去

走着走着,我突然感到很孤独
很冷

那条路上,没有一个背影

只有一路西风

扫过满山的落叶

在烈火中永生

守着一个枝头,一辈子
看一个花苞囚禁自己的花瓣
不让它们在春天里打开

蜜蜂飞过
短暂的停留
只带来一丝丝阵痛和遗忘

雾,罩住阳光
我在寒风中一声长啸
企图撕开一道口子
让沉淀千年的血从胸中喷射出来

站在枝头上,我守着
守着八月的大雁
守着三月的蛙声

守着六月的飞雪

守着腊月的惊雷

如果有一天

一棵树干枯了

我会陪伴你在烈火中永生

大可不必把门关上

在你的门前徘徊过很多次

第一次是三月把蛙声打翻在你家池塘

第二次是萤火虫带我扑打你的窗户

第三次是,雪很厚
在通往你家的路上
我的一只鞋子陷入雪地里拔不出来

你站在窗台上,朝我笑了一笑
然后走下楼
把门关上

带着一枚草叶出门

带着一枚草叶,出门
心里踏实
我走到哪里,春天就到了哪里

母亲把微笑种在草叶上
在我攀登悬崖峭壁时变成一股风
吹走我的怯懦
送给我一个虎胆

草叶上有妻子的鼾声
我踏进地狱之门的那一刻
像一声惊雷,把我震醒

亲吻草叶,像亲吻儿子细嫩的肌肤
索然寡味的人生突然有了趣味
如一个孤独的跋涉者
在茫茫的沙漠中

遇到了一泓清水,一片绿洲

一枚草叶其实是一把带锯齿的口琴
衔在嘴里抽动
一边流出带血的思考
一边放出美妙的音乐

过年的滋味

一场冬天的雨

把年味染白,日子像一张湿透的纸

遇到风,一片片地从空中掉落

过年了,"爆竹声中一岁除"成了回忆

小孩子闹着要鞭炮的哭声

和放鞭炮的声音一样响

哭一个,炸一个

坐在灶房里烧柴火的母亲

用铁铗夹着一个个的日子往火上烤

把自己的日子烤成了带着焦味的红薯

把儿孙的日子烤得温暖而火红

下雨的年,不是滋味

一串阴霾笼罩着山村里的灯光

闪也不亮,不闪也不亮

村口,一条狗不停地狂吠
报告着又有陌生人来了
或是亲戚朋友,或是戏子小偷

过年啦,真的过年啦
你醉得东倒西歪的样子
分明是山顶上一棵树在摇撼过路的春风

恋

一阵风
把我变成一座城堡
城堡内,有另一个人的空间

在鄂尔多斯草原上走
一匹马让我拥有整片草原
马鞭像一只翅膀
张开了,等待一种飞奔的欲望
这个时候我感觉到一片草原是一座城堡
月亮成了城堡的主人

不能再往前走了
前面是一片茂密的森林
你的脚步会刺痛她沉睡的梦呓
她的苏醒会激怒一个拿着弓箭的少年
射穿一片无边的风景

一个岛屿浮在水面
像一位披着袈裟的老僧
和日月一起圆寂

两个人的夜晚

夜,突然缩小了
缩成了两个人
一个是母亲,一个是妻子

出差在外
夜缩得更小了
一个是影子,一个是我

两个人的夜晚总是让天和地抖动着
星星一个一个地掉落
接着大山也抖动
池塘也抖动
我被池塘抖出来
像一条鱼,在岸上翻滚

在一条小路上走
脚步被一片蛙声缠着

想走也走不开

于是点燃一支烟

一边燃烧手里那张发黄的照片

一边燃烧天边那片淡淡的月色

母亲,是一盏灯

一盏灯很远,挂在没有尘埃的蓬莱岛上
点亮了海
点亮了海底的星星,一闪一闪的
一盏灯很近,挂在我的睫毛上
一滴眼泪是一滴灯油

去年清明回家的时候
母亲的笑容燃烧了我驱车奔波的疲惫
今年清明,回家
只有坟前的柳絮扬起一阵春雨
稀释我呼吸的痛楚

背着一篓纸钱,犹如背着一座泰山
我负重行走
怎么也走不到母亲的跟前

那个时候

母亲一口一口地将野菜嚼烂

一口一口地将那个苦难的日子嚼烂

一口一口地喂到我的嘴里

我之所以吃得甘甜

是因为那里面的苦头,被母亲吃光了

那个时候

母亲捎回一堆别人用剩的新布角

坐在煤油灯下悄悄地为我缝制衣服

灯光把母亲缝在墙上

母亲把心缝在衣服上

我把哽咽缝在喉咙边上

今年清明没有雨

我知道,是上帝流干了眼泪

母亲节,我屏住呼吸

三月把母亲吞了
孕育成一粒种子
种在我的脊梁骨上

从此我没有了佝偻病
可以抬头看天上的星星
看海,用一个一个浪涛
朗读高尔基的《海燕》

伏在母亲的坟头
我像一只杜鹃
一声一声,啼开
遍山遍野的杜鹃花

燃烧自己

把自身燃烧之后
冬天救活了
冰,渐渐地融化
河流动了起来

一粒种子在温度中饱满和膨胀
父亲说,把它种到悬崖上去吧
后来,山成了我的母亲

吮吸着雷声和暴雨
我又一次复活
在高高的山崖上长成了一棵树

早晨迎接太阳
晚上送走月亮

听　禅

（一）

左边是一棵昂首挺胸的千年古樟
右边是一伙高谈阔论的文人
文人把古樟盖了

（二）

我坐在古樟上
听风
文人的声音像针一样扎进风的脊梁

（三）

池塘里有一枚飘落的樟叶
文人站在叶子上
像站在船上一样前仰后合

（四）

一本书失落在地上
一只小狗跑过来嗅了嗅
走开了

（五）

一条旧走廊延伸出来
像老屋竖起的耳朵
悄悄地偷听我和古人的对话

（六）

神秘的寺庙里
一群善男信女在听禅
讲禅的
是一个剃度的和尚

一滴泪,被大地收藏
——写给离开平江的你

(一)

2555 个日子是一场雨

慢慢地浸润了 4125 平方千米的土地

2555 个日子是一粒粒种子

种在蓝墨水的故乡

(二)

从洞庭湖边走过来的时候

你的心中有波涛在汹涌

你对自己说,我是一个踏浪之人

(三)

你披袆上阵

其实没有袆

你用赤膊,扛起一座大山

(四)

一方土地热闹起来

有了花儿的绽放

有了鸟儿的长鸣

有了犁铧耕耘田野的沙沙声

(五)

一滴汗,是一种语言

与春天交流是一枚鲜嫩的叶子

与夏天交流是一片淡淡的清凉

与秋天交流是一串沉甸甸的谷穗

与冬天交流是在雪地里燃烧的一盆火

(六)

脚印堆高了堆成了一幅背影

那个告别祖祖辈辈蜗居茅草房的盲人

用自己的拐杖

丈量你的高度

（七）

被煤烧坏的脑子清醒过来

那双炯炯有神的眼睛

分明是火电点亮的一颗星星

（八）

月光下，有雾

你徘徊在汨罗江边

有人说你在寻找屈原沉江的石头

其实，你是在寻找一条小船

将诗人的灵魂驮回自己的家

（九）

岁月在奔波中衰老

你用皱纹把它留在额头上

让老百姓的笑容

抚平一路走过的沧桑

(十)

一滴露珠从草叶上滑落

其实

它是一滴眼泪对大地的眷恋

一张纸钱是一条船

山门打开了，母亲走进了人生的归宿
偎依在父亲的身边
聊阔别三十六年
聊菜地里长得葱绿的辣椒、茄子
聊爬上屋顶的那藤南瓜
聊那头水牛耕耘田野的蛮劲
聊得最多的还是儿孙们的琅琅书声和粗茶淡饭

父亲抱着母亲的头，我抱着坟墓的头，春雨抱着我的头
布谷鸟把我们的悲与喜编成一首曲子
从这个山头播放到那个山头

一张纸钱像一条船
承载着母亲九十七年的风风雨雨
三月二十三日二十二点五十分，成了母亲告别人寰的记忆

那天晚上没有月亮

只有父亲摘一颗星星,挂在渡口

照亮母亲上岸

从此

故乡变得愈来愈遥远了

父母在,我是故乡的游子

父母去,我是他乡的过客

坐在坟前写诗

每一个文字是一把船桨

划着船桨我去寻找母亲在煤油灯下织布的声音

划着船桨我去寻找父亲在星光下耕田吆喝牛的声音

我躺在每一页诗稿上

静静地听,一只青蛙和春天的对话

风来了

把纸吹落坟头

文字嵌在墓碑上

医院的这些日子

深夜,一个人,坐在医院的大厅等候母亲检查的结果
像一棵孤独的树,站在冬天
等候雪融,等待一片新叶在春天里发芽

大厅越来越大
我越来越小
母亲的呻吟把我一块一块撕碎

妻子把早餐带过来了,母亲一份,我一份
尔后,垃圾桶多两份

护士忙着给母亲输液
针尖一头扎在母亲的血管里
一头扎在我的心坎上

日子好长,一个接着一个,像一根链条

数也数不清

等到能数清的时候

已经没有日子了

第二章

岁月沉浮

我和狗都不孤单

牵着狗,遛
朝霞乱成一团麻
钻到小路边的竹林里
落在水里的,打湿了

我和狗都不孤独
我看它的时候,狗眼里有人
它看我的时候,人眼里有狗

一只雁,从天空中飞过
把村子唤醒
老屋上有了炊烟,有了老子唤醒儿子的声音
山头上有了牛羊
把长在草叶上的早晨,一口
咬个精光

蹲在小河边,搓一把脸

就像搓一缕春风

远方，清晰了

岁月却模糊起来

和狗散步

晨光把我们重叠，拉长

一个人模狗样

一个狗模人样

燃烧自己的影子

你把我淹没在你的呼吸里
一吞一吐
然后点燃,岁月像一瓣烟灰
变成白色

我们相遇在四月里
四月把一片竹叶吹成小鸟的叫声
清晨醒来
你枕着我的梦魇伏在肩上
笑,是一滴梦涎

昨夜,没有故事
七月初七有些遥远
牛郎在河这边
织女在河那边

点燃一轮明月燃烧相思

像燃烧自己的影子

月光愈亮，相思愈长

踩一只竹筏，饮一壶老酒

在青山的夹缝中

从汨罗江的上游

一直醉到了橘子洲头

风,把我从你的身上吹落

昨夜有雨,很大,折断一枚叶子
花蕾在一丝丝间歇的阳光中颤动
像你的胸脯上,颤动的两个小乳鸽

夏季,融化了春天温暖的感觉
一把遮阳伞遮住了你羞红的脸
只有声音的磁性,在你的背影里
牵着我在阳光下裸奔

你说,如果我能把夏天的蛙声编成一首小诗
你就成为我的影子
从那晚开始,我便默默地守候在田埂上
等待青蛙的叫声
来一个,收一个

我在日记中写道
清晨,你站在阳光中
风,把我从你的身上吹落

守候第一片叶子

风急,浪大
河堤站不住脚
一船的尖叫被颠覆

一条鱼,很安全
粘在浪的尖上

初夏的大水很恶
把春天吞了,还要吞噬我的一条荷叶裙

站在岸边触摸雷鸣和闪电
那种感觉,是我丧失已久的初恋

夜没有走
和我一样被雨淋湿
体外的降温和内心的热度形成了反差
我知道内心燃烧的
是你看我时的那段目光

冬天来了，头发被霜打白

站在那里，我像一棵树

守候春天回来开出的第一片叶子

每一个吻都憋死在你的嘴角

两只水鸟把池塘折腾成海

海浪泼过来的时候

才知道

两个交织的翅膀在繁衍他们的爱情

我和你躺在岸边的水草里

像两条求生的鱼

相互守候在

一片呼吸急促的空间

水鸟开始拥抱

一张小嘴衔着一个浪花塞进

另一张小嘴

身体的颤动让我的目光

深深地吸一口人间烟火

你没有动

像微笑的蒙娜丽莎

每一个吻

都憋死在你的嘴角

洗　漱

把手洗干净的时候
时间也被洗干净了

时间被水龙头冲走
自己留下，像春天走后
留下一块干枯的石头

墙上的镜子在发呆
是让自己每天看透自己
结果，什么也没看透
只有一颗心，在菩提树上爬

一盏茶，把浑浊的自己留在里面
等待一双手，端着，喝

我被克隆
不是在母亲的体内
而是在你的眼里

舌 头

舌头一伸，月亮被咬掉一半
难怪，我的胸膛一片明亮

静夜的时候
我细细地品尝一丝丝露水
像小溪流动的声音
像蜜蜂采蜜的声音
其实不是，是你轻轻吻我

舌头，有力，像爆破厚厚的悬崖
摧毁一座山，摧毁两个人之间的一堵墙
摧毁我闭上眼睛感受你体温的测量器

有一天，你把我的舌头咬断
我伏在你起伏的胸口
哑然

一声鸟叫,让我变得孤独

一个人在密林深处走

我听见肺轻轻张开的声音

没有被污染的空气

在里面蠕动,心开了窍

一切欲望遗失在来的路上

我欣赏着做人的滋味是一种清凉

在秋季里越来越厚实

像长在树上的一个野果子

成熟了

就静静地回归自然

我想象出还有一片叶子

变成一条船

载着我从峡谷中漂进大海

和一条鲸鱼相遇

角逐汹涌的海浪

走着走着

一条蛇从脚背上滑过

目光留住了它的一线花纹

突然之间想着有一缕阳光从树枝上泻下来

像一股弱电,激活我的心跳

在密林深处

一声鸟叫,让我变得孤独

在荒原上奔跑

在荒原上奔跑,一丝不挂
夕阳清晰地雕刻出
他的生命之父

笑声冷得像一股寒风
砸在他身上,遇到热气
变成了生硬的雨点

疯狂奔跑的他
像奔向巴黎圣母院撞钟的伽西莫多
上帝听见他的钟声
他听见上帝的心跳

我在后面追赶,也像个疯子
扔掉身上所有的衣服
像原始森林中的猎人
只看见一群群怪兽
没看见遍地的荆棘

突然之间

突然之间感到心累
因为我在你的秋千上荡得太久

你抓住秋千上的两条绳
是我的两条胳膊
我感觉太重的,不是你的身体
是一直走过来的那段时光

突然之间我的头发变得花白
不是我的年龄在太阳底下暴晒
是你把山那边的月光
聚焦在我的头上
月光老了,老了故乡
我老了,老了你送我的那朵木棉

突然之间,路变得很长
我匆匆行走
踏着的,是你厚实的背影

诗歌祭

在笔尖下
超度四十年,未能成佛
只因为凡心未尽

总是想那么多
织粗布衣的手是否长了老茧
搁置的犁铧是否生了锈
晚归的落日到家没

总是想那么远
类人猿变成人了没
炎黄走过的路上草有多深
屈原回来了吗
那条船呢,那个石头呢

一粒文字从诗歌里剥落
变成种子,发芽

像我,从母体剥落

种入凡尘

疲倦了

把一个句子打造成一根拐杖

撑着

走回自己的家

一樽酒,饮,醉

邀诗和明月

在桃园,义结金兰

超　脱

从飞机上跳下去
赤裸着
来一个阳光浴
把灵魂彻底风干
成为一具木乃伊

旁边的顾客
是位小孩
她惊讶地看着我，看着透明的窗户
像看着从科幻里走来的
迪迦奥特曼
说：叔叔，你要跳窗吗
其实，窗门关得很紧

一会儿，飞机
挑着阳光的翅膀在抖动
像父亲挑着担子爬山的那种抖动

父亲抖出了大山

翅膀仍然长在飞机上

飞机着陆了

我突然得到一种放松

肉体留在地上,心放逐在天空

乘坐飞机

风托着云

云托着飞机

飞机托着我

我托着梦想

神仙在梦想上打坐

珠穆朗玛峰高高凸起

是人类的天线

在与天宫沟通

我,成了天线上的信号

在空中呼叫

飞机在云里跳跃

像我有点短路的思维

拐不了弯就直走

空姐说,那是飞机遇到气流

我遇到什么呢

乘客说,脑子遇到水

坐上飞机好爽

因为凡尘

被我抛在脚下

故乡在哪

母亲住在故乡那头
故乡好重
把我高高地撬起

将母亲接回来和我一起居住
故乡好轻
被我高高地撬起

其实我知道
是游子好轻,是母亲好重

握着母亲的手是握着岁月
岁月长满老茧
母亲长满皱纹

靠在母亲的肩膀
心,靠着了岸
哪怕狂风暴雨

感情的土壤也没有水土流失

这一天，我离开了故乡
故乡变成了游子

母亲悄悄地捏一豆灯光
密密的缝
缝出一条回家的路

发　芽

一个树桩长在沙滩的尽头

和一堆石头一堆荒草搅在一起

刺破二月的皮,赤裸裸地

暴露在天空中

像一个孤独的声音

在呼唤一群鸟的到来

没有谁承诺在三月给它一枚叶子

只是这条几近干涸的小河

坚守在它的身边,等待

今年的山洪暴发

送来一条鱼在河水里漫游的惊喜

一个树桩独立在我的视野里

我的目光突然变得粗犷

像小时候看到父亲用一根线吊一个纸包糖

在我的眼前晃悠

我的贪婪长成了一棵树

二月的柳叶儿把春风剪细
种在菜叶上，种在小草上
种一条小船把夕阳拖走
留下我和树
在岁月里一起发芽

接　链

一片绿失落在老屋旁边的空地上
变成了一片田野
田野褪色成了秋天
父亲挑着一担谷子
站在秋天的末端
掂量太阳落山时的分量

那片稻田很干旱
爷爷的爷爷挖了一口井
需要水的时候没有水
爷爷的父亲挖了一口井
不要水的时候水溢出来
爷爷对父亲说，这井
挖得不是时候，只有冬天挖掘
才能把秋天和春天连接起来

父亲挖了一口井

把爷爷和我连接起来
我知道父亲，把自己变成了冬天

父亲去世后
村子里没有冬天了

那片宽阔的田野
直接由绿色变成金黄
年年如斯

没有等到七七

来的时候,你把两个七字焊接
变成一座山,人在中间
走的时候,你把一个七字拗断
变成一条河,人在两岸

是不该来,还是不该走

一路上,你默默无语
两只眼睛像星星一样眨
脸,有时像春天,有时像夏季
冬天,你没有脸
因为冷酷,把你封冻

采摘玫瑰的时候
你好小心,轻脚轻手
像一朵云,在飘

不,像在做贼,眼睛发出贪婪的光芒
偷那日子,偷那色彩

这天,玫瑰花凋谢了
我看见你的目光,也渐渐枯萎

在银河搭桥的前一夜
你走了,带走了架桥的工匠
也带走了那颗流星

切

一把刀把我们切成两半
你在南边赏花,我在北疆饮雪
中间隔着一条江

心中泛起波涛的时候
我摇一叶扁舟登你的岸
岸很高,影子上去了,我失落在水里
攀高高的桅杆,看你蹲的山头
飘起一缕清淡的炊烟

其实切开我们的是一块薄薄的刀片
我们相隔很近
贴着刀片,我听见你的心跳

一个人分开,变成两个人
两颗心分开
变成阴阳两界

一条江打造了一座坟墓

（一）

你来的时候我没有出生

那是混沌时期，天和地一样浑浊

你走的时候我也没有出生

你用一河水洗去浑浊

去了天和地的下面

（二）

一个诗人在这里迷路

他用一柄长剑斩一路荆棘

荆棘如韭菜，割如复生

剑，折叠，衣服被撕破

皮肤被撕破

血，凝固在地上

堆成一座高高的塔

（三）

庙堂没有醒，睡得很深沉
像一个昏迷不醒的病人
千万根银针扎不进他的穴位
千万声吼叫，震不开他的耳膜

（四）

诗人很疲惫
他的光明被风雨夺走了
他摸索着，呼唤着
路漫漫其修远兮
吾将上下而求索
……
国无人莫我知兮，又何怀乎故都
既莫足与为美政兮
吾将从彭咸之所居

（五）

五月初五，蛾眉月挂在天上

也挂在水里

天上的世界朦胧，水里的世界明亮

一块石头领着诗人

走进了水里，水，掀起一朵浪花

（六）

一条江打造了一座坟墓

一座坟墓铸造了一个灵魂

两千多年的浸渍

如今膨胀，泛滥两岸

（七）

太阳升起来了

江上没有了雾

溪水在哗哗地流

是诗人在捋须吟唱

心乱的时候

心乱的时候

用一只手拍打自己的中枢神经

慢慢休眠

心乱的时候

把池塘里的水磨成一面镜子

照自己的童年和童年穿过的开裆裤

心乱的时候

用木棍打自己的脚

痛,会收藏你的狂热与哀叹

心乱的时候

去高歌,让音符炸开你的喉咙

怨气会冲上天空凝聚成一场暴雨

洗刷你的五脏六腑

心乱的时候

冲到高山上呼喊

把夜的灵魂喊回来

窗外会多一颗闪烁的星星

心乱的时候

纵身大海吧

当海水把你吞噬

你会变成一条龙

跃出水面

天上的诗
——写在七夕节

一首诗写在一张纸上

纸在风中飘,飘到了天上

成了天上的诗

我坐在一首诗里

像一条孤独的鲨鱼

看不到大海的边缘

只看到海鸥

在浪尖上惊起

月亮枯萎了

银河慢慢地涨潮

我像一个钓翁

钓满天的星星

我在银河的岸边等

织女一夜未归

她说，昨夜我站在你的诗歌里

看人间花朵

几时鲜艳

几时凋零

我永远是一条小船

你说要走了

天，突然黑下来

我担心，前面有一片野猪林

你说要走了

留给我一份纪念

我打开小手帕看看

里面一个问号，正好钩住一颗心

走得太匆忙

你把影子撂在床上

让孩子抱着，哭到天亮

其实，你走与不走都是一样

因为在你的渡口

我永远是一条小船

一只脚拔不出来

一只脚陷进蜘蛛网拔不出来
一只脚陷进泥泞里拔不出来
一只脚掉进陷阱拔不出来
一只脚,踏错了地方

我的脚踏在十字路口
我拔,地塌
我拔,山崩
我拔,天黑下来了
一只脚已看不见另一只脚的着落

我嵌在十字路口
正如耶稣嵌在圣经的十字架上
忏悔是一场春雨
熄灭了痛苦和欲望的火焰
却催生了池塘里的一片蛙声

天地轮回的时候

我的来世变成了今生

坐在八卦图上，神说

往前走吧，那是你的生门

我猛一抬头，看见落日

卡在山坳

我真的缺氧

大地降温

夏天的燥热没有被熄灭

短暂的凉爽成了第二次升温的开始

心，耐不住闷热

飞上枝头，像一只蝉

呼唤一片绿荫的宁静

其实，你躲在海的世界

一边欣赏水草的鲜嫩

一边感受海水的炎凉

直到那一天

我干枯在你家门前的榕树上

你才发现

我真的缺氧

除草的女人

两个女人在公园除草
一个穿红衣服,一个穿黑衣服
她们埋头的样子像只啄木鸟
每一根草,都是一只害虫

两个除草的女人是两个哑巴
一个用呼吸交流彼此的速度
一个用心跳计算各自的成果
我站在窗台上
用目光测量与她们之间的距离

春天被她们整理后有了线条
放在女人的胸脯上是根曲线
放在男人的身上是根直线
太阳照在两个女人的身上
春天变成了两个圆点

路灯把公园点亮
燃烧着年轻人晚饭后的激情
孩子该喂奶了吧
除草的母亲对媳妇说

一阵晚风吹过来
柳细,剪落了我的一滴眼泪

拐个弯，你看不见我

心，一蹦一跳
像海潮一涨一落

是不是春天干燥了就变成夏天
夏天枯萎了就变成秋天
落叶被秋风卷得漫天飞舞
看不见一个人的原型
仿佛一切都是一些影子

我十分地心虚
在天空中孤独地飞翔的那只鸟
会不会像月亮一样西沉

拐个弯，你看不见我
其实，墙上有盏灯你无心点亮
在你的世界里
我是一个黑洞

一群鸟摇落一树叶子

一群鸟摇落一树叶子

把秋天埋得很深很深

落霞和孤鹜把一座山炼成一座湖

我在湖面上行走

不知像落霞还是像孤鹜

鸟的翅膀剪断夕阳

一丝一丝地挂在我的睫毛上

熬出一份热量

让声音在天空中形成一个沸点

温暖的被窝把意志烫成一个长长的懒腰

我伸出两只眼睛

一遍又一遍地数

窗外飞过几只寻找自己老巢的鸟

一根白发从头上掉下来

像一枚叶子从树上掉下来一样
冬天要来了
没有谁能拗过季节

一层薄薄的雪把鸟的叫声覆盖了

竹林里,我看见一只春笋拱出地面
露出了一个毛茸茸的头

一粒种子的结局

我要发芽,一粒种子对大地说
于是鸟儿跑过来,雷声也跟着过来了

大地给种子提供了一块石碑

雨水把种子浸泡

种子孕育着秋天

冬天孕育着种子

一场雪

让石碑干干净净

种子渴望与大山对话

风来了

种子落下悬崖

坐在文字的火焰上涅槃

坐在文字的火焰上超度

胸中的积雪渐渐融化

两条腿静静地躺在雨季里

让一条暗河不停地涌动

罪孽被手指掐着

在佛珠上一个一个滚过

从这边走到那边

从死亡走到重生

埋在文字里的是你的微笑

我每次经过

总感觉到地狱的阴森和刻薄

有时候,你用眼睛点一把火

烧了一页经书

烧了我写给你的文字

坐在火焰里

我的灵魂慢慢地升起

像凤凰涅槃

庙里抽签

摇签筒,再摇

跪在地上摇

勾着腰摇

念念有词摇,再摇

一支竹签从签筒里跳了出来

像一粒种子,跳进一位年轻母亲的胚胎

握着竹签,握着菩萨的旨意

找庙主兑成白纸黑字

庙主说,阿弥陀佛,此为上上好签,非贵人不能得也

沉吟片刻又说,罪过罪过

此签尚未印刷

目前缺位

变　形

过了十五，月亮又缺了
站在山下看，缺
站在山顶上看，还是一样

摸摸自己的皮肤
感觉春天已经隐退了
像秋天，慢慢地变凉
有时候去欣赏一段云的美妙
让脚尖把头抬起
但头抬得再高
也高不过冬天的一场雪

老婆嫌我说话太多
确实也是，我跟风儿说，跟鸟儿说
跟牛儿也说
跟自己说得最多的，还是梦话
我知道在梦里

可以披着袈裟,敲着木鱼,闭上双眼,胡说

站在池塘边看自己
才知道另一副模样
岁月的风一吹
身体就变形了

大 寒

把二十三个节气都赶走了
留下自己,像一只孤独的雁

我用一块年糕敲击岁月流逝的伤痛
越敲,白发越多

月光下把身上的一针一线摸成老茧的是游子
厅堂里把灯花拨成笑容的是母亲

一年,一年
一年……
一年的日子从指缝中溜走了
一年的日子挂成一串串泪花
一年的日子
种在孩子们的身上是成熟的欣慰

一年的日子

种在自己的身上是失落的阵痛

沿着时钟走

我始终走不出它的套路

冬天里,有苍蝇的叫声

一只苍蝇
把整个冬天燥热了
一把折扇在欣赏自己被掌控的滋味
毛衣对棉袄说,我们退了吧

收工回来的男男女女
在晚霞里泡着一天的欢乐
老牛,躺在圈里啃着干枯的稻草
反刍着一辈子的是是非非

琴弦突然哑了
几只苍蝇在蹦跶着自己的音符
像杂乱的蹄声
践踏一片嫩绿的草原

风起了
是刺骨的北风

怀念"杂交水稻之父"袁隆平
——写在 5·22 这个特殊日子

一个日子从指缝中滑落

落到湘江之上

五月的湘江,变得寂静

变得阴沉,变得潮湿

一滴泪从眼角边滑落

落到一枚稻叶之上

叶子闪一下

稻子跟着闪一下

一群人从四面八方滑落

落在芙蓉王国的大街小巷

像初春的潮水,慢慢地涨,慢慢地涨

涨成头潮,托起一副音容

五十年前,一个人站在空旷的田野上

一手抓着一把肥沃的泥土

一手捏着一把瘦瘪的稻秆
一轻一重
造成了人类的贫穷与饥饿
造成了他内心的失衡

从此,他把梦想定格在一粒小小的种子上
希望一粒小小的种子
能挑起厚厚的土地

缘,结在稻秆上
他把田埂踏出一排排老茧
把日月星辰揣进怀里
每一滴露珠在发际上闪光
田野没有了空隙
一个佝偻的背影
用生命的体温孵化出一串串沉甸甸的谷穗

白花花的米饭取代了红薯藤,取代了观音土
瘦削的骨头长出了扎实的肌肉
人类丰满起来
世界越来越壮实

一个惊雷扎痛了一个晴朗的日子
他坐在一片闪电上
上了天

七月十五日,在如水的月光下
一个老人
静静地坐在高高的稻秆下乘凉

季节的产物

一只会唱歌的鸟,一棵树,一片草原
一触摸到春天的肌肤就突然兴奋起来
像初恋的情人相见
想狠狠地给她一个拥抱
肌肉一阵紧张,一阵松弛

我的同事说他是春天的儿子
他的温度能孵化出心头的小鹿
小鹿一蹦一跳,脉搏也一蹦一跳
河水也一蹦一跳
整个村子跟着蹦跳起来

碰到一片绿叶,我浑身抽搐
皮肤也一阵阵瘙痒
这是过敏
过敏是这个季节对人体产生的反应
于是我想到了另一个季节

夏天，或者冬天

在夏天的夜里，我感觉着一朵荷花在一阵清风里摇曳

像母亲一手打着蒲扇

一手摇动着摇篮里的我一样

明月荡漾，我也荡漾

冬天的一场雪把春天覆盖了

你踏在冬天的雪上

实际上是踏在春天的伤口上

今天是秋分

一刀下去，把地球截成两半
你守望在南半球，我守望在北半球
赤道成了我们的鸿沟

今天我们算是扯平了
我没欠你的白昼
你也没欠我的黑夜
老死不相往来
那是冬天对夏天说的话
其实你繁衍的春天
打破了你的誓言

别对我一笑
你一笑，秋天就结了尾
那漫漫长夜让我在梦里折腾
湘江的怒涛总是将我靠岸的竹排打翻

满满的月亮今夜开始消瘦

瘦成一条弦的时候变成了你沉睡时的眼睛

是不是我的存在已与你无关了

老家的石拱桥

老家的石拱桥喜欢把一条小溪囚禁
成为自己胯下的奴隶
小溪把月亮囚禁
让一对又一对情人在水边行走
把他们拥抱的镜头摄下来在另一个地方回放

月亮囚禁了我
我像一条小鱼,在她如水的光里
吞吐着一个又一个水泡泡

那年山洪暴发
水塞满了石拱,从桥上流过
一个浪涛把一个汉子撂到桥上
桥,成了英雄

一个夏夜,我在桥下乘凉

那个汉子也在

我吹一路短笛

他唱一路山歌

霜　降

十二点五十一分,这一刻很惨
秋天倒在我的怀抱里痛哭
哭自己气数将尽
哭声像暮鼓的响声
沉重而低微

我放开一胸白鹤
让它们飞,飞向南方,飞过一片冷空

我站在一座孤独的高山上用力呼喊
喊醒满山的红叶,喊醒坚守在树林的小鸟
喊醒拿着一枚红色玫瑰的少年
走出痛苦的死亡谷

秋天的萎缩意味着春天的膨胀
冬,只不过是孕育人间温暖的一位冷酷母亲

不要诅咒一场大雪淹没了那黄金般的晚霞

不要诅咒一夜寒风吞噬了你沉浸在热恋中的温馨

生命中拥有四季，真的好美

这一刻是霜降

我做了个梦

在梦里，一场霜染白了我的人生

握着八月的日子
——写在"八一"建军节

一颗子弹把时间穿破

血,染红了南昌这块厚厚的土地

脚印叠着脚印,肩膀挤着肩膀

一座山峰耸立起来

镰刀和锤子铸就的旗帜迎风舞动

一个划破世界的节日诞生了

赣江滚动

湘江滚动

井冈山的松涛滚动

一位巨人踏着滚动的波涛

像一条船

剪开一个世纪

一粒种子种入民族的脊梁

一豆星星之火

燎原着中华大地

睡狮醒了

灵魂醒了

一把斧头劈开三座大山

弯曲的脊背猛然站起来

一种力将八字焊接

穷苦大众变成了真正的人

八月的日子疯长

长成了红五星

长成了饱满的稻穗

长成了十五之夜月亮里一棵馨香的桂花树

握着八月的日子

就像握着一杆枪

随时等候军号吹响

"五一"国际劳动节像一枚叶子

一场雨,把"五一"国际劳动节的气氛淋得有些冷

大家都躲到房子里

互相吹嘘家里的茶如何香

香气招惹着邻居老是半夜三更敲门

我喜欢雨中淋湿自己

这种感觉总让我的头脑变得清醒

想起一朵桃花掉落水里

被一条鱼衔走

走到我的诗歌里

我是因为孤独才找许多借口躲到树上的

一只鸟走到我的跟前说话

其实一只鸟和我一样

当黑夜收走阳光的时候

连影子都离开了自己

站在一枚叶子上

我像一滴水滑落下来

小　年

一枚叶子，在风中飘了两飘落下来
小年，是树上仅剩的几枚叶子

小孩子的年，亮起一个，又亮起一个
像一个个气泡，炸了，找父亲要

儿子找我要小年的模样，说小年的模样是放鞭炮
没有鞭炮就没有小年，拉着我去商店买鞭炮
我们买回了一个个呆滞的眼神，一个个无奈
儿子哭了，眼泪是一场山洪
把传统的习俗冲走了

去钓雪吧，一场雪没有烟火味
雪可以开水花，可以开梅花
一片一片的，像撒向天堂的纸钱

日子在行走
从年尾又走回年头

一头牛

——写在牛年

一头牛,很瘦

被老鼠吸过血之后,突出的骨骼

刺破一座山,刺破一片天

四只脚立在广袤的荒漠上

等待着一场春雨

养育一片草原

一头牛,两只眼睛像两个火

烧了去年,燃了今年

一头牛,一声吼叫把百兽震服

老人和小孩从青砖瓦房中跑出来

像两个冲天炮

在夜的天空中

碰撞童年的火花

一头牛,从画笔中走出来

走到燃放鞭炮的地方
啃,一个个礼花
像啃一个个甜甜的微笑

一头牛,挣脱了绳索
像一枚利箭
射进绿色的梦

一只鸟的失误

春天不小心,掉进水里
河的两岸就变了一个颜色

一只不自在鸟
把自己变成一条船
在河的中间划来划去
两只翅膀是两把桨
一边想划出一阵风将自己吹上岸
一边想划出一阵细碎的声音呼喊他的母亲

我坐在河边看着河水涨
希望一个浪的舌尖舔一舔我的脚趾
让我感觉到一条鱼在死亡前恐惧的滋味

一条船在水中颠簸
把一只鸟撞死

今日立秋
——写在妻子的生日

你说今日是立秋
我说今日是你的生日
你就把秋天倒入生日里
我突然闻到了红苹果的味道

摸摸你的脸,厚重而鲜亮
我问你十万个为什么
你说没有为什么
那是我把心中的春天
植入了你的肌肤

1095 个日子像 1095 粒种子
你抛一粒
我种一粒
在我们耕耘的原野上
长成 1095 朵玫瑰

你是花中的花蜜

我是花上的蜂儿

天空中起云的时候

有时下着丝丝细雨

一种被雨淋湿的感觉是一种惬意

我知道,春天的小雨

能催开一枚小小的新叶

叶子会长成一把遮雨的伞

在一条船上

月亮推着我慢慢地走

一杯酒将我烧成江面的无数条皱纹

你用一条绳拼命地拉扯

皱纹靠了岸,船也靠了岸

秋天来了

你少了一重心思

这个成熟的季节

定不会有柳絮的缭乱

第三章 沧海茫茫

重阳节，在你的岸边搁浅

一夜霜

把重阳节打蔫了

那团火移不进房间

站在一棵枫树下

我只能静静地数

一片片掉落的红色叶子

看不见春天行走的背影

唯有那个披着蓑衣斗笠在风雨中耕耘的我

早已被一枚荷叶

醉倒在灌满蛙声的池塘

夏天炙热

将灵魂蒸成闷雷

埋在胸脯上起伏

雷声，敲不开你紧锁的心窗

坐在一口井的旁边

等，一滴眼泪变成九滴眼泪

九滴眼泪变成九颗珍珠

坐在柳毅井的旁边

等，一口井水发酵成酒

将我醉成一封家书

西下的夕阳

瘦了一条弯弯的小河

我的竹排和哨音

在你的岸边搁浅

夏 至

蛙声,渐行渐远
没有回头,老天爷忙着播种雨点和雷声
迎接太阳从北而归

我,站在雨中
看牛耕田,看放鸭子的小妹
挥长长的竹竿赶雨
赶一串串情歌下河

收起雨伞
在天地之间沐浴
让雨,把自己煮成一碗半夏汤
喂长夜不安的梦魇
让心在燥热中沉睡

雷声,突然响起
猫,不叫了
树上多了蝉鸣

告别 2018

把 2018 年从墙上取下来
打成包裹,搭上委屈和伤痛
邮寄出去

没有谁心甘情愿接收
唯有父亲,赤着肩膀
等候在邮递员经过的十字路口
为我扛着 365 个不眠之夜

墙很孤独
像我,任凭岁月的剥蚀
在风的进口
饱尝着一年一度的苦辣酸甜

第一场雪终于来了
把年头和年尾焊接起来
掩盖着大地上所有的龌龊

让过往的人们踩踏
雪的新鲜和年的滋味

我懒得动
雪和冰凌挂在树枝上摇摆
像我的日子一样
一个一个融化

日子走了
父亲也走了
留下我,像时钟孤独地摆
在新年到来的时刻
撞响自己的心

祭　奠

一张纸钱，是一艘薄薄的船
载着我的体温
穿越奈何桥的阴森

一张纸钱，是一轮满满的月
挂在清清白白的天空
照着古人，照着今人

在异乡的星光下行走
总走不进故乡
梦中那条小路，延伸又折回

我在地上望
父亲在地下望

我们的目光碰在一起

碰出一滴泪

父亲舔，是甜的

我舔，是酸的

同学聚会散了

醒来的时候

我发现我

被一棵树高高举起

小鸟飞走了

大雁飞走了

只有枝丫,挑着昨夜的梦

太阳透过叶子

给我的心输液

一点一滴

在我的血管里膨胀

涨成一条河

我站在这边

你站在那边

望着远方,我也飞翔

像一片叶子

挥动着清瘦的翅膀

扑打着你滚滚的车轮

把一路风尘扫尽

启明星升起来了

挂在远远的天街

像一盏灯

把我的影子粘在你的秋千上

荡漾

岁月如歌

——写在大学分别三十年后相逢的日子

在充满笑容的日子

我们相逢

录取通知书

和背包

一样沉重

时间,一伸一缩

把三年的汗水

挤成种子

一粒粒,播种在

那片咸咸的土地

校门

放闸

稚嫩的梦,被

放飞蓝天

在南北东西

长成

红花和绿叶

三十年

耕耘风风雨雨

三十年

耕耘秋冬春夏

于是,三十年的人生

有了风雨

有了圆缺

有了冷暖

世界膨胀过后

又收缩

一双双分开的手

再次紧握

尽管只有掌心

相吻

那温暖

却孵出

一个春天

遇 见

我突然感觉到了一种温暖

因为被冰冻得太久

遇到水

心就一块一块崩塌

在一棵柳树上飘

影子把河水洗得清澈

两只鸭子开心地游来游去

把我游成一线波纹

没有你的时候

我拱出土地是一片尖尖的叶子

如今你来了

叶子上长出一点露珠

那是我梦中的一滴眼泪

大地复苏了

迎客松在山顶上伸过懒腰

举起沙哑的嗓音

去遇见那片初升的曙光

像我，去遇见你

我的奶奶我的歌
——写在奶奶八十寿诞

在夜的节奏里

母亲把我分娩在

奶奶的怀抱

像一朵水灵灵的荷花

开在奶奶心田

喜悦

漫过睫毛

一串串晶莹

如一个个跳动的

音符

滑落在

奶奶成熟的指尖

激情煮沸山村的时候

父亲把母亲和梦想

打成背包

扛在肩上

然后

沿着汗水铺成的

羊肠小道

一脚踏出山门

从此

山里缺了父亲豪放的歌声

缺了厚实的肩膀

扛着我去采摘星星和月亮

缺了温暖的手

拉着我去追赶

银河边的织女和牛郎

于是

奶奶接过母亲的扁担

一头挑着我

一头挑着家

从此

我行走在奶奶的肩上

像一座山

让奶奶扛着

看日出日落

赏花谢花开

奶奶的灵气

喂饱了我的童年

我长成了红花绿叶

开在父亲和母亲的春天里

收获阳光和雨露

一盏心灯

挂在故乡那棵

高高的桃树上

亮过八十个春秋

为游子回归

摇响

一路欢歌

一路驼铃

别了，东方之星

欢笑
沿着长江逆行
一步艰难
一步惊悸
夜幕悄然
把太阳和月亮和灯光
收入帷帐
世界一片沉寂
唯有鼾声吞吐着
一路风景

客轮
摇摆双翼
和长江之流
博弈着力度和胆识
夜坚强地
消耗着浑身精力

汗水变成急流

期待变成赌局

四百多条生命

压在没有支架的

天平

一卷长风

把江水撕裂

无数个梦魇

在黑夜中

左右挣扎

母亲伸出颤抖的手

一阵接一阵

撞击着厚实的船舱

骨折骨碎

血静静迸出

生命之门仍然紧紧锁着

——别砸了，娘啊

微弱的呼唤

被浪涛渐渐吞噬

婴儿从熟睡中惊醒

挥动着小手

拼命拍打

父亲那张长不出微笑的脸

东方之星陨落了

……

黄皮肤，白皮肤

黑眼睛，蓝眼睛

把长江挤爆

一双双苍劲的手

托起一个个浸泡的灵魂

搁在岸边

揣在心里

孔明灯

飘上了天空

像无数颗星星

闪烁着忏悔和祈祷

山寨的木鱼

敲打着没有节奏的响声

冥冥中

如涛起涛落

历史翻晒着

一页页酸楚

大自然

摊开账簿

默默书写着

阵痛和喧嚣

呐喊和思考

屈原，你回来了

把源头砍断

汨罗江干涸了

屈原从江底走上江岸

在沉睡的两千多年中

他无数次想睁开眼睛

满眼的鱼虾让他怎么也睁不开

于是他装睡，装到今天

装到江水干枯

屈原回来了，没有人认识他

世纪的隔阂让他孤独地

溯江而行

他背着沉重的影子

像愚公背着太行、王屋两座山

那些扎在头上的发髻呢

那些八卦长袍呢

那些高高的官帽呢

那些马车和老酒呢

他的楚怀王和《离骚》呢

他愕然了,世界变得陌生

走进了五月初五

他记得这个日子曾绑着一个生硬的石头

绑着生硬的他,在江面上

慢慢地告别了阳光和微笑

于是,他的子民为他创造了一个节日

用粽子和咸蛋填饱鱼虾的欲望

以此拯救他瘦削的肉体和疲惫的灵魂

当他触摸到自己还有余温的肌肤时

他跪在自己的庙里,跪在自己的雕塑前

忏悔人类为他牺牲许多的罪孽

月亮下

他看到整齐划一宽敞明亮的街道

看到五颜六色的灯光

看到熙熙攘攘的人流

看到每一张笑脸都开着一朵鲜花

他醒了

在一个风雨交加的日子里

江上突然浮着一条船和一个摇船的老人

船票依旧

(一)

一场秋雨很急
一丛菊花的花瓣被打得七零八落
我站在雨中
思念的翅膀也被打落
像一只蝉
伏在枝头上
一点声音也没有

(二)

日子渐渐地冰冻起来
尽管冬天还在河的那岸
尽管身上穿着一件手工编织的毛衣
在这夕阳的光里
仿佛夜幕已经来临

（三）

天上没有了雁

那些文字烂在田野里

也不知明年春天到来的时候

能不能像一粒种子

长出新芽

（四）

你送我最后一程的时候

就是在这条小河边

我们的影子没有重合

我的在岸上

你的在水里

你说

小河流动

容易把记忆洗清

难怪

如今我的记忆特别清晰

像天上的月亮

缺了又圆

（五）

好想握住你的手

像在春天里想握住第一枚拱出地面的新叶一样

当我鼓起勇气

把手伸出来的时候

日子已进入冬天

叶子被秋天收藏了

我只好站在冬天的边缘

默默地等待第二年的春天

（六）

城里的日子一定很暖和吧

在微弱的灯光下

母亲告诉过我

不要去城里

城里只有春天

没有冬天

住山里好

有四季

知冷暖

（七）

把心绑在山顶那棵树上站岗放哨

看有没有陌生人

踏进我的一亩三分地

（八）

涛声依旧

站在岸边

我紧紧地握着那张旧船票

过 年

大红灯笼

一串串

挂在家门口

灯光

铺成一条

没有霜的小路

重逢的目光

舔着彼此的

笑容

传递快乐和幸福

身后却抖落

满身的尘埃

掩埋

一年走过的

坎坎坷坷

木炭火

烤热团圆的

喜悦和兴奋

在母亲的眉宇间

燃烧

离别和相逢的

岁月

夕阳被夜幕卷走

孩子们的脚步

踏着鞭炮的噼啪

在门外

把恭喜发财的

吉祥之语

炒得又香又甜

喇叭声

煮沸了山村的年夜

滚滚车轮

碾碎满街的欢乐

像二月的春潮

涌进

万户千家

一团火燃烧起来了

——写在抗洪的日子里

(一)

闪电突然将天的胸脯撕开

暴雨带着疼痛

向大地肆虐

河流爆炸了

洪水把乡村的美丽淹没

城市的繁华和喧闹变成了

海的浪花

(二)

道路断了

电线杆断了

手机信号被狂风屏蔽

一个个村庄成为孤岛

大地一片漆黑

婴儿的啼哭撞击着地狱之门

(三)

我来了,我是一名共产党员

我来了,我是一名人民公仆

我来了,我是一名普通百姓

党旗把洪水淹没

民心筑成一条通往孤岛之路

(四)

攥紧我的手

黑夜中

声音一个接着一个传递

结成了一根希望的链条

锁在撤退的山崖之上

强壮的手,细嫩的手

长满老茧的手,手手相握

一团火燃烧起来了

把生命之路照亮

（五）

迷彩服像春天的野草

瞬间铺满堤岸

沙袋上的血迹

凝成一堵坚韧的围墙

把洪水堵在墙外

把安宁留在墙内

冲锋舟破开恶浪

与死神决战

不舍昼夜地穿梭

让无数朵生命之花继续绽放

而机手和冲锋舟

却在晨曦来临之时

累倒在那片红色的沙滩

（六）

电力人站在高高的塔上

手电筒像一颗星星在闪烁

雨在下

它下我的决心也下

一手抓住狂风一手握着暴雨

用闪电把心和电线焊接

一片片重新点亮的灯光

从塔上掉落下来

像一滴滴泪珠

(七)

时间在浪尖上消失

力量在汗水中凝结

洪峰踏着生命的呼唤

踏着桥梁的坍塌呼啸而过

庄稼没了,大地还在

房屋塌了,母亲还在

太阳爬上了山坡

一把飘着红绸带的号角

把生产自救的强音

播种在

那片被血与泪浸染过的土地

邵东行

（一）

邵东是个大县

邵东的人如平江的山

穿行在邵东的人流里

如漫步在平江的山峰上

山上有树，有石头，有人的酒窝

歌声把他们串起来

做成风铃，挂在旗杆上

（二）

荫家堂是个古董

古董里藏着一百零八个文字

是梁山寨漂过来的好汉

他们要把在门口卖菜的老嫉驰

劫掠，当压寨夫人

荫家堂左边的青龙在跳，右边的白虎在吼
我坐在老屋的正中央
接受前面青山的朝拜

时间，像一枚燃烧的艾叶，薰荫家堂
荫家堂的皮肤变老，名字变香

工匠拿着刷子刷四面的墙
荫家堂在春天里返青

（三）

一把遮阳伞把国际世贸城遮起来
国际世贸城把邵东遮起来
我在世贸城里走，从法国到德国
买一瓶葡萄酒，买一个工具箱
回家的时候
车上装走了两个国家
留下了邵东

（四）

和黄校长一见钟情
他的笑容把我们留下，吃晚饭
吃土菜、吃鱼火锅、吃听不懂的邵东话

席散的时候我闻到了酒味
夕阳也闻到了
她的脸羞红，我的面惨白

高速路上，车子跑得很吃力
我清点东西时
发现车内多了两份礼物
一份送别的目光
一份我一样的期待

我是一个兵
——献给扶贫勇士朱欣军

（一）

把背包和责任紧紧捆住
一甩，上了肩
让我去吧！他说
没有眨眼，他一跃上了通往扶贫村的班车

（二）

在幕阜山的怀抱
在湘北的最北端
在一千多双目光中
他把自己当作一粒种子
种在这块贫瘠的土地上
让理想拱出地面，长成一片绿荫
让父老乡亲永远生活在春天里

（三）

来不及将旅途的疲惫抖落

他揣上一笔一本一瓶一袋进了山

他要用脚印填平每一个山旮旯

用心架接每一个贫困户

张家的老母双目失明

王家的儿子瘫痪在床

赵家的女儿失学了

李家的锅揭不开……

一块竹垫子搁在两条凳子上，那是一张床

数根树撑起一个茅棚，那是一个家

山口上挖一个凼，用勺子舀水，那是一口井

……

一点一滴，他记在本子上

其实，是凿在他心里

（四）

他是一头挂着泪水奔跑的牛

满满一个本子的情况如一座山

压在他的身上

一定要改变它,哪怕拼上一条命

牙齿把嘴唇咬破

决心变得鲜红

方案出来了

领导和同事们顶住他颤抖的腰杆

让他挑起了这副千斤重担

(五)

一罐鸡汤送给了张妈

一张轮椅送给了老王

一叠人民币让赵家的女儿重返了校园

一双深情的目光

点燃了老百姓心中的希望

(六)

一排排崭新的安居房拔地而起

一股股清泉流进了万户千家

一盏盏路灯点缀山村之夜

一个个心结解在他的心窝

他,没有忘记初心

没有忘记下雨天用木桶接屋漏水的一幕

却忘记了,自己是血肉之躯

(七)

这一步,他走得很艰辛

每一个脚印里

盛着浓浓汗水,蕴蓄浓浓乡情

他和老百姓一道

用血灌注一块红色土地

用信念支撑一片尽美蓝天

(八)

七月十二日上午

他倒下了,倒在扶贫的小路上

手里紧紧攥着那个本子和那支笔

他关闭了自己的心跳
却敞开了一扇心窗

（九）

把声音和泪水冻结吧
让他好好地睡上一觉
别让杂音打扰了他的梦
梦里，他正在歌唱
我是一个兵……

立 夏

这一刻
杂乱的蛙声开始此起彼伏
农夫的种子
一把一把掩埋春天

我在池塘旁边伫立良久
一粒石子，溅起一朵小小的水花
碎了一塘的影子
落在一弯月亮上偷渡

山路弯了几个弯不见了
一抹斜阳被山旮旯挤成佝偻的背影
一会儿像上山打猎的父亲
一会儿像下水摸鱼的我

日子渐渐地暖起来
一滴水在一枚草叶上弹跳着自己的人生

草叶长得愈来愈大
水珠变得愈来愈小

小河该涨水了吧
记得那年小河涨了水
我捡到一枚荷叶
坐在荷叶上
我变成了一朵荷花

今天,没有下雨
立夏不下,冇水洗耙
谚语说
今年是一个干年岁

清明,在一支香上燃烧

点一支香,燃烧清明
这个节气变成了一撮灰烬
张寡妇提着三牲祭品哭着回家
天也哭了一场
我也哭了一场

一页火纸贴在坟头
像一只耳朵贴在墓碑上
听人间说人话
听阴间说鬼话

一阵鞭炮远远地响起
那是整个山寨唯一的一挂鞭炮
响声十分孤单,也十分卖劲
它在向所有的灵魂宣示它的存在

我没有鞭炮
烧了些纸钱之后挖了三筻箕土
倒在父亲的坟堆上
坟头添一筻土，人间添万贯财
父亲这样告诉我，不知灵也不灵

扫完了墓
斟一杯满满的酒灌醉父亲
我知道，醉后
父亲在那边的嗓门更高

接近年关的日子

捡一枚叶子回家
要过年了
路上干干净净

只有月亮巴在我的裤腿上
像小时候我巴在母亲的裤腿上
母亲迈一脚,我傻笑一下

到家的时候,不小心把门关上
月亮回不了家
蹲在山上,陪着父亲过夜

日子老了,老了就过年

守在母亲的病榻前

母亲卧在病榻上
像一根灯芯卧在灯盏里
油越来越少
母亲的牵挂愈来愈多

天黑了没有,天亮了没有
崽崽孙孙去哪儿了

坐在母亲的床前
烧一个炭盆火
真想这几十个日日夜夜
把自己熬成一盏灯油

记忆老屋

那个蓬头垢面的小孩是我
没有吃的时候爬到老屋后的树杈上掏鸟蛋
钻到灶房里烧红薯
母亲爱管又不管我,让我乐得发慌
别人吃野草,我吃鸟蛋和红薯

站在村头看老屋
看不见了老屋前那对雄壮的石狮子
看不见支撑大厅需两人合抱的大屋柱
只看见沧桑的岁月
挂在那棵老槐树上哭泣

老屋被拆,是地主阶级的产物
父亲被拆,是地主阶级的保护伞
母亲说,那棵绑着父亲晒三天三夜的树
三天三夜后被雷劈成两半

老屋挑逗我的记忆

记忆挑逗我的神经

越跳越快

像手里绷着的那支要断的弓箭

昨夜有风

真的来了,一夜西风
满街凉了
满院子凉了
站在山坡上的我
凉得更快

一棵树,像我,孤独地撑着一片天空
它掉落一枚枚叶子,变成树干
我掉落一个个日子,变成老翁

没想到一夜的风这么厉害
昨天穿着短袖像夏天的秋天
今晨却要穿着保暖的衣服
像进入了冬的世界

我突然感觉到有一场暴雪即将来临
所有的雁的归路被冻结

像一列高铁遇到断电

窒息在没有到达终点的途中

雁和高铁一样痛苦

更痛苦的是雁的南方和车的客站

大　雪

大雪了，是一年的日子快过完了
是一场刺骨的冷要来临
你和我出门，用手巾遮着脸，戴一顶毡帽

大雪是个节气，这个节气是公平的
大雁南飞，麻雀躲到屋檐下，蛇进入了冬眠
一棵树，在山顶迎送日出日落
一条船，终于歇了
在沙滩上，盘算着自己的今天和明朝

我走在一条冰冻的山脉上
感受大地的余温
岩石说，温度是坚硬的
青松说，温度是挺拔的

小草说,温度是枯黄的
河流说,温度是柔软的

一头牛走过来说
我的温度是一张皮

冬天的一场雨

一场细细的雨

打湿了我们之间的距离

雨越冷,我们挤得越紧

挤出了一条小船

还有一棵春天的树

燕子怕冷,去了温暖的南方

只有一只小麻雀站在屋檐下的稻草堆上

和一个孤独的诗人对话

诗人说立正

麻雀说坐下

没有雪的时候

一场雨也是一种快乐

积水帮我擦亮了影子

或许某个时候,有一把雨伞撑过来

帮我挡一回寒风

一场冬天的雨

将我抱紧又放开

在一排排街灯下面燃烧着温暖

从此街灯变成了雨

我变成了街灯

放　羊

在山上放羊，看不见羊
只看见云，像一群羊
啃山

羊的叫声像一首歌
把云抛起来又摔下去，抛起来又摔下去
我坐在云上，像坐在波涛上

坐在云上的是神仙，坐在波涛上的是鱼

羊吃饱了
我一抽鞭子
把云和山和夕阳和吼叫一起赶回家

父亲节的守望

父亲坐在墙壁上的镜框里
我坐在房里的木椅上
我们互相厮守
过一个父亲节

一盏青油灯的光很弱
一个父亲的微笑却很亮
亮到这个房子不需要点灯

夜深的时候有些凉意
父亲还是穿着他离开我们时的那件旧衬衫
三十多年没有换
阎王爷说,阴间是一衣终身制
我抱着双膝想
每年清明节母亲烧给父亲的那些衣服和纸钱
是不是哪个小鬼贪污了

桌子上摆着三碟水果

父亲默默地看着,我也默默地看着

谁都没有动嘴

一炷香上升起的一缕缕青烟成了我们的交流方式

像小时候跟着父亲一起劳动一样

我们之间的交流

是锄头挖土的声音,还有用衣袖擦汗的声音

父亲节,祝福父亲的话语刷了屏

我点开二维码

让父亲扫了又扫

狗　命

牵着一条狗
从春天走到冬天
狗长胖了，我长瘦了
树长瘦的时候叶子变黄
从枝上飘落
我长瘦的时候头发变白
从头上飘落
狗长瘦的时候身体变硬
过一个冬，又过一个冬
只有长胖的时候才像一枚叶子
从人间飘落

一条猎犬的命运与它的胖瘦息息相关
主人期待的是它在丛林中能征善战
而不是头戴花翎招摇过市
胖是一条猎狗的宿命
像秋天的果子，成熟是它的噩梦

爷爷的爷爷是个戴花翎的人
很瘦,像条老黄牛
有一天钦差巡视,把他的花翎摘了
相命先生说,他不是狗命,是牛命
牛命喜胖,狗命喜瘦

我照着镜子,突然颤抖起来
我怎么不像一条狗,而像一头牛……

猴石（组诗）

猴 石

坐在一块猴石旁
石头变成了人猴
石猴经过千年越来越像人
人经过千年越来越像石头

苦 等

从山涧里走出来
走成一条河，叫小河
小河流着春天的细腻
流着夏天的粗壮
流着秋天的瘦削

我在等，冬天的干枯

一条扁担

一条扁担刻着祖父的祖父的名字
扁担两头用两块铜皮包着
是那个时代的岁月
扁担的光滑是肩膀和手打磨的

父亲对我说
做一条厚实的扁担吧
一头挑起祖宗,一头挑起儿孙

村头一棵枯树

往哪里一站
哪里就有了风景
一棵树的成名,跟它的枯荣没有关系

我把枯枝一根根砍下
还要动它的根

父亲给了我一记耳光

说，那是你的明天

父亲果然厉害

今天我真的枯萎了

抗 洪

一场雨

让一条江自豪

身体丰满了

一双双赤脚

在手电筒的微光中丈量着起伏不定的波浪

一道闪电撕开藏着水的那线天

暴雨倾泻，搁浅了一条又一条小船

船翁用一斗旱烟关闭了平时的一路山歌

阿妹浅浅的微笑

也撬不开他嗓门的闸阀

胖子冲了上去

他说他有重量

他的重量可以把堤的缺口堵住

结果胖子被冲走

那个红袖章和斗笠在水上不断地浮沉

一场雨
揪住阿爹的心不放
慢慢地啃他的玉米,啃他的禾苗
啃他脚下的每一寸土地
他的命根子被啃掉了
阿爹用锄头打天

村里的铜锣响了
男男女女冲上堤坝
阿爹冲在最前面
捆在背上的孙子用沙哑的哭声
给他鼓劲加油

蓝墨水变了色
余光中的乡愁在汨罗江的上游洗也洗不掉浑浊
只有屈大夫坐在一朵莲花上
沿江呼喊

一场雨,来了又去了
我和阿爹在收拾两岸的一地狼藉

每一次谎言都是一次罪孽

隔着山,望家乡的山

家乡的山那么矮

一个山头也看不见

隔着水,望故乡的水

故乡的水那么短

一点也流不进我的心田

隔着云,望母亲

母亲躺在床上,也望我

过不了念娘的那道坎时

就匆匆回家

像春天的燕子,啄一满嘴泥巴

衔回自己的老窝

每一次回家都看到母亲孤独地站在村口

像一棵树,迎接它的四季

有人说,母子连心,心灵感应

我知道感应是假的

真的，是母亲天天在等待儿子的归来

今天能住下来吗
每一次回家母亲总是重复着这句话
像皈依佛门的弟子对众人说
我佛慈悲
酒肉穿肠过，其实佛祖也穿肠过了
过不了的，是母亲看着我的目光
像一个饥饿的乞丐乞求路人的施舍一样
我不寒而栗
我的一点点人性全被封冻了

过两天来看您
我凑近母亲的耳朵说
母亲点了点头，是西风吹着野草的那种
其实母亲知道这是一种谎言
只是她愿意承受咀嚼这种谎言带给她的滋味

每一次谎言都是一次罪孽
我只能将自己绑在高高的十字架上
让风雨雷电帮我动一次彻底的手术

让灵魂归位

我弯下腰

把你用过的灵魂洗了洗

然后安放在自己的身体内

丢失灵魂不是一次的事

记得那年山洪漫过堤坝

你用双手托起一具肉体

三魂七魄随着波涛浮沉

一条船回来时说,你的灵魂去流浪了

星空下,坐在一个修补过的山岗上

感觉山里的风和山里的村子一样静谧

唯独不静谧的是

一条小狗老是舔我的脚

那个破败不堪的寺庙

用一口钟,撞痛我的脊梁

没有人去追究那条河的深浅

抑或有没有第二次洪峰的到来

只有我躺在沙滩上

用脚不停地捶打沙子和沙子底下的地狱

我知道，当地狱之门打开的时候

第一个走出来的

一定不是我

守 街

拿一把没有靠背脱了油漆的椅子
坐在街口,守
你闯红灯过来

指纹锁店铺开张的宣传喇叭和我一样
没有时间观念
总是想尽办法,让过路的人
多瞧自己几眼

一个捡垃圾的人走过来将我钳进蛇皮袋
我听见一个烟头和一只茶杯的对话
听见一座城市的颤抖
听见几只蚂蚱不停地跳跃

闭上眼睛
一个坐在街头写诗的诗人
其实
就是庙里一个没有披上袈裟的和尚

雪地上,一只受伤的鸭子在走

雪是洁白的,不说你也知道
如果有一串脚印呢
如果有一串受伤的鸭子的脚印呢

一只鸭子在雪地上走
走一下,那只受伤的翅膀拍一下,雪地变红一下
鸭子再走,栽倒在雪地里
等待另一只翅膀拍起雪花

我踩着血迹斑斑的脚印
头上的罪孽厚厚地堆积起来
雪,崩塌了
像人生的崩塌一样
一块块垮到人性的原形

一场雪,是一场因果
在诗人的笔下是一场文字的盛宴
在佛祖的经忏里,是一场来世的善缘

在孩子们的手里,是一只顽皮的小狗
一个不会说的小矮人

对于一只受伤的鸭子
是另一个世界

一个鸟窝摇摇欲坠

打开窗户
一缕阳光跳进来重重地抽了我一记耳光
梦,顿时支离破碎

寺庙里的天越来越亮
搁在菩萨面前的青油灯却越来越暗
只有老和尚的眼睛一夜没打瞌睡
还是那样闪光

寺庙的第一声是钟声
把两块眼皮撞痛
第二声是鸟的叫声
没有钟声洪亮
像一枚叶子,打蔫在撞钟的铸铁上

从昨夜到今晨
香客没有断,香火没有断,风也没有断

端端正正坐在台上的菩萨
一个喷嚏
把一叠纸钱打满一地

一座寺庙在树上摇摇欲坠
其实是我眼花了
在树上摇摇欲坠的是一个鸟窝

第四章 风景怡情

第一声春雷

第一声春雷,好懵
打碎了我的梦
梦里的两只蝴蝶
一只落在枕边,另一只落在油菜花上

一场春雨,淅淅沥沥
父亲戴着斗笠,披着蓑衣
挥起的牛鞭把一丘的蛙声拍响
在翻滚的犁铧后面
母亲播种两行大雁

沿着雁的叫声
我把春天喊了回来

夜,很小很小

夜,很小很小
小成一滴水,滴在叶子上
小成一滴眼泪
从睫毛上滑落

在暮色中行走,一个人
踢着一颗小石子,像踢着一颗星星
越踢越亮
把夜踢去老远,捡回来又踢

如果我知道你躲在里面
一定不会踢那颗石子

夜,很小很小
小到只能容纳一只眼睛

站在夕阳上看山

我喜欢站在夕阳上看山

夕阳老了

青山不老

父亲住在青山之上的日子已经很久

每次想我

就拉一拉夕阳的帘子

帘子动一下，我的心动一下

脚步像粒粒种子，一直种到父亲的跟前

父亲告诉我，我开一朵花

他就长一枚叶

父亲坟前那棵松树是母亲栽的

一抔抔黄土把母亲的手染红

母亲说她和父亲是丫，我是根

根扎得越深

丫长得越茂

有一天

大山崩塌了

把故乡压得很低

我的目光安葬在故乡的脚下

渡　口

一座山，炸开
山口成了渡口
水从此不走弯路

一条船，从渡口出发，被山卡住
像一个和尚
卡在佛经里
左动动，阿弥陀佛，右动动，阿弥陀佛

一场山洪
渡口变成了山口
水，走回了原路

汨罗江上,一个灵魂站了起来

(一)

一觉醒来

我被插在汨罗江的源头

像一枝绿色的艾叶插在高高的门框上

驱邪扶正

(二)

一条船,行走在峭壁林立的夹缝之中

载着一位诗人,一块石头

当一场欲火被尘世熄灭

诗人抛开船桨,抱着石头

纵身江底,一个阵痛的节日

在一跃之间诞生

（三）

江水迅速膨胀，无数条小鱼的脊背
托起诗人的尸骨在急流中浮沉
像太阳和月亮在暴风雨中交替

（四）

从此，有一种箫声从水里传来
一个捋须的长者
踏浪而行，仰天长啸
"路漫漫其修远兮，吾将上下而求索"
从此，一个声音加热了五月

（五）

鼓点像雨
撒进诗人的心坎，雨点像盐
一条条龙舟在盛大的场面下
碾碎诗人的初衷
鱼，焦虑不安
拼命撕咬诗人的脊梁

推他出水面

（六）

端午节，被水浸泡

粽子发酵了

咸蛋发酵了

诗歌发酵了

人类发酵了

一个灵魂站了起来

像一个醉汉，把汨罗江贴上封条

禁止东流

想下一场雪
——为李文亮医生送行

想下一场雪

把虫子冻死

让声音静些更静些

想下一场雪

把口罩冻死

让大地白些更白些

想下一场雪

在你的脚下

让脚印深些更深些

想下一场雪

在高山顶上

等待哨音吹响

形成雪崩

黄昏，愈洗愈亮

我舔到了他们的味道
那是一种浸泡多年的酸楚

城市的灵魂
在我的肉体内窃窃私语
又像一条虫子
在我的五脏六腑慢慢爬行

我突然咆哮

一群人发疯似的涌进医院
医院变成了潮起潮落的大海
一只蝙蝠
在千万人的喉咙筑成的黑洞里
蜕变，长成一条鲸鱼
在大海里横冲直撞
企图吞噬所有的生命

一堆落水的灵魂蹿上十字架

在城市的塔顶上猛烈地呻吟

在心与心之间穿透

我像一根针

穿透锦缎上的无数花朵

穿透一层厚厚的壁障

在山的缝隙中喘一口粗气

绝望被一阵惊雷敲碎

没有雨的黄昏

被炊烟愈洗愈亮

到连云山采茶

一个小时到山脚,热
两个小时到山腰,凉
三个小时到山顶,冷
我举着身体,像举着一支蜡烛
向上攀,风把火焰吹斜

茶园挂在悬崖峭壁之上
同伴采摘片片嫩叶
我却采摘一篮子的胆战心惊
一只野鸡飞起
像我的心跳,飞出脉搏

在连云山上
雨,变成一团雾
我,变成一枚新茶
被你掐断,带回家
用余温煮沸

黄姚古镇

古镇很古
是祖父的祖父的祖父……
站在我的面前,我不认识

古镇是一篇甲骨文
游人走进去,个个变成了
穿着盔甲的兵
现代人的眼睛,古代人的心脏

一千多年,你没有留住脚步
只留下沧桑岁月在你的额头
刻上几条皱纹
让过往行客说你变老
说自己年轻

夜宿幕阜山

眼开一线窗
风钻了进来,因为有了孔

三伏天突然被山顶降温
我来不及喘一口气
天和地就变得冰凉

隔着一层薄薄的玻璃
像隔着两个不同的世界
外面是风的吼叫
内面是妻子的鼾声

一个人坐在风口上
烧一壶烈酒,醉
倒在一根藤蔓的臂弯里,脸红

夜是风的夜

天是雾的天

站在山上看，山下尽是风景

站在山下望，山上都是神仙

海上看日出

太阳被大海放逐
像一匹脱缰的马,在天空肆虐

尖叫声被马蹄踏碎
又被海浪吞噬,无影无踪

我是一个尖叫
像一只海鸥,站在高高的礁石上
呼唤一轮脆弱的月亮

海风撕开几片残云
阳光投海,海满了,外溢

看海的人很多
他们用相机收拾眼前的风景
赶海的人只有我
我摇一只小船,把明月接回故乡

一枚叶子

一枚叶子从地底下钻出来
像一棵迎客松
长在寻找春天的目光里

温暖被叶子收走
水分被温暖收走
望着远方的泪线被细雨收走

乌云收走了
小花伞的影子

犁铧收走了大地的平静
老汉收走了犁铧

夜，收走了老汉和叶子的距离

老汉变成了一枚叶子

树上的鸟儿

树上的鸟儿

吵吵闹闹

把昨夜吵成今朝

树上的鸟儿

吵吵闹闹

把魂儿吵离梦乡

天亮了

人醒了

鸟儿哪儿去了

冬天里的（组诗）

冬　雾

地心

被情感煮沸

泪水沿着树根溢出

在天地之间

蒸发成一片朦胧

远方看不见你

看不见家

路上

让感觉牵着

缓缓而行

冬　阳

似乎离太阳远了些

没有夏的煎熬

老人和孩子像我一样

希望你的青睐

罩着周身

从头顶到脚跟

然后把心温暖

冬 雪

七仙女撒娇的时候

把天庭的梨花摇落

一片片

落到人间

吓走了飞禽走兽

唯有孩子们

像一个个印子

盖在上面

用一嘴一鼻

宣示自己

对大地的管辖权

冬　梅

雪
压在梅枝上
梅枝
挑起一个冬

孤岛风景

海水,把灵魂挤成一座孤岛
游人和鸟飞来飞去
海,有了生命

捕鱼的老翁把网撒得很宽
捕到了鳖,捕到了鲸
一股海风把船吹走
老翁成了孤岛

我,躺在春天的草地上
像一粒种子
被燕子偷偷地衔着
种在孤岛上

家乡的老水库

那是一座湖
不,是一座水库
父亲和他们的兄弟用肩膀筑成的
大堤是肉,库水是血
立在堤坝上那块青石碑是骨头

水库竣工后
乡里亮起了电灯
欢乐像山雾将水库团团围住
逝去的灵魂把微笑安装在电灯泡上
像星星一样灿烂

一阵山风吹过来
八个人抬着"石鹅"扎紧大坝的吆喝声被卷走
老茧长在建造者的手上
指头磨出的故事
封冻在冰箱里

我站在水库中央

看游人的倒影

渐渐走向深水

冬天的花

冬天的花
被季节的闲言碎语击落
被风,挟持得走了很远

脱离了枝头
生命脆弱得像掉落在地上的
玻璃瓶
声音沉重,失落也沉重

四周的花已凋零
唯有阳台上的三角梅
把生命开成紫色,像我
一场霜把头发打成白色之后
仍然那么旺盛

冬天有花，在零下的日子开着

开在悬崖上，开成一棵迎客松

母亲说，我出生的时候

就是在那棵树下

采风九狮寨

车轮把笑声碾碎
胖的、瘦的、老的、小的
从汨罗江边一路铺到连云山上

山上有雾
太阳坐在云雾里
我坐在一片尖尖的茶叶上
和日子一起疯长

头上扎着花手帕的是采茶姑娘
采茶姑娘把嫩嫩的茶叶揣进篮子
我把采茶姑娘水灵灵的眼睛揣进心窝
茶叶发酵的时候
我的心窝也发酵

妹妹采茶满面红
好比牡丹出花丛

郎把山歌送给妹

九狮茶寨沐清风

……

歌声，像一股山泉

把姑娘的羞涩浸泡在茶水里

我举起茶杯，一饮而尽

清晨,街上没有脚印

街上没有脚印

被昨夜清洁工的小斗车拉走了

街上没有声音

是因为没有脚印

历史,站在问号下面

突然凝固

打开心灵的窗户

让风走过

喷一口浓浓的烈酒

烧,一片过往的乡愁

旗杆,像一根顶天的梁柱

插在长城的石头上

无数颗心织成的大旗

把曙光染红

我端一杯酒泼在这片土地上

为阴阳两界消一次毒

让新春萌发的每一个生命

不带细菌

拍　　照

其实，我拍与不拍他们已经在那里
开着的是花，露出脸的是石头

喜欢拍照的人总喜欢把最真实的拍给别人欣赏
例如，朋友老喜欢拍我

一天，我在小河里游泳
夕阳按下快门
一个赤身裸体的我
就交给了世俗的眼光
那是很小的时候

寺庙的钟声
把皈依佛门的灵魂撞响
其实撞响的，还有那段寂寞的时光

你拍与不拍，他们都在那里

像我写不写诗
你还是从我身边走过

落日卡在高楼的缝隙中

一不小心
两幢高楼把落日卡死
风,使劲地撬
墙没有动

一棵被冬剥落枝枝叶叶的树
长成一个树桩
刺破寒膜
顶起云的塌方

一头牛驮着牧童回家
用角挽住青石巷里的一绺夕阳
走着走着
村子,被灯光点亮

游张谷英村

把六百多年历史砌成 1732 间房
然后沿着 62 条巷子
进进出出
像穿越远古
像时间在蜕壳

油豆腐和香豉都打上了张家老祖的烙印
风把味道吹过来
口水在嘴角边汩汩地流
像春雨,细细的
洗刷杨梅的酸酸甜甜
解大地的馋

一条走廊像一条老皱纹
把张家老屋捆得严严实实
媳妇们的笑容像花
开在皱纹的分枝上

任游客们去采
然后把春天带回家

雨很大,张家老屋没有涨水
屋里的每一个天井
都是一条龙
暴雨来的时候,龙张开嘴
游客看不见水
却看见几百年的问号

回家的时候
我们做了一笔交易
张家老屋留下我的念想
我带走他的老祖

连云山上采九狮茶

（一）

谢幕，谢幕

爬到山的峰巅我疯狂地高喊

云雾瞬间收拢幕帘

把我收进去了，把鸟的叫声和阳光也收进去了

（二）

一阵小雨袭来

淋湿了我的头发和你的睫毛

你冷，冷在目光

我冷，冷在心里

（三）

气候变脸，一只手把雾帐收走

阳光回来了

你端着盘子在前面采摘一片片嫩叶

我端着盘子在后面

采摘，你的背影

（四）

茶是九狮茶

山是连云山

茶长在山上，山长在天上

采茶的是仙童和仙女

我登上山的那刻，他们都还了俗

（五）

一个画家在画九狮寨的茶园，也画我

把茶叶画得很高，把我画得很矮

其实他和我一样，站在茶海里，谁都看不见谁

（六）

山上，起浪了，是情歌的浪

是茶叶的浪

我,像一条喝醉的鱼

在浪里翻白

站在山顶上看秋天

秋天瘦了

瘦成我脚下的一枚叶子

伏在大地的胸口上呼吸

一头牛

驮着一只鸟

在山的脊梁上行走

我

仿佛看到了自己的来世今生

小溪流萎缩了

嬉戏的童年

在沙滩上干枯

我的小船去了遥远的地方

寻找海的呼啸和春的脚步

秋天要走了

她把一个红苹果赠给我的爱人

让我闻她香味的时候

也触摸她春天的温柔和夏天的暴躁

站在高高的山顶上

像一面旗

把长长的头发往空中一甩

我,矮了一截

天又高了许多

看 海

我不去看海
因为海里没有你
你住在云的那一端

我去看云,云掉进海里
还是看海了,其实我是看海里的珊瑚礁
珊瑚礁像一片云一样

站在甲板上,我看见大海把天吞了
海里翻起无数朵浪花
还有两只眼睛眨个不停
那是两颗星星发出呼救的信号

夜,像一个黑洞
收了明月,收了看海的人
只有自拍的人没有收,他们能看见自己
脸很亮,背影很黑

我在听海说话,听他讲老人和海的故事
一个小姑娘走过来问
叔叔,你是大海吗

九龙江情怀

（一）

你轻轻地搂着我
身体就湿润了
一阵阵痛快的感觉
来自你嘴里喷出来的细细的飞沫

（二）

龙在天上游
我在山涧里游
龙飞走了
我还在山涧里走
导游说山涧是女人做的
女人的味道说变就变

(三)

一座玻璃桥把一条青龙捆在一起
龙动一动,我的心动一动
尖叫声在桥上也跟着动起来

(四)

一条小鱼在石头旁边游来游去
你在我的身边游来游去
尾巴碰撞尾巴的时候
你跃出了水面

(五)

106米高的飞瀑在你的眼中显得很矮
站在飞瀑下面照相的我
显得更矮

(六)

九龙江不是一条江

是一个微信符号

你扫过之后,他接着扫

(七)

一阵山风吹来

把我从旅游车上吹落

像一粒子

种在那棵木荷树下

春天的倒影
——写在立春之日

一枚叶子掉落

地上没有响声

新芽在枝头上拱动

想拱出叶子原来的样子

一池塘的水被鸭子的脚掌踩暖

脱光衣服的月亮在水里游来游去

丝毫没有害羞的感觉

只有张开双臂的鸭子用长长的嘴巴

去啄她丰满的乳房

我起了一个早床

一头老牛和我一样

我在路上走,老牛在田里走

我们对望的眼神

像秋天里的蝉鸣

风,撩乱小河两岸的柳絮
收也收不拢,放也放不下

站在汨罗江边
我看见一个倒影,在水中开屏

春天的大雪

第一场雪,雪兆丰年
第二场雪,雪兆丰丰年
第三场雪,落下来变成了冰
所有裸露的事物被僵化
楠竹断裂的声音像小孩放鞭炮
把整个山头变成了士兵一个接一个倒下的战场

松树的枝丫垮落,杉树的枝丫垮落
柏树顽强地弯下腰
告诉大地决不能投降

老农和我站在屋檐下
像两个受冻的麻雀,望着田野上的小麦
叽叽喳喳地叫个不停
只有老水牛躺在圈里
反刍着没有消化好的稻草和他走过的人生

挂在墙上的一张犁跃跃欲试

它想破开第三场雪

让一丝阳光进入泥土

虎年初一的早晨

所有的嘈杂和垃圾被清洁工用小拖车拉走
街道变得明亮和清静起来
这么一个美好的早晨像一条扁担
一头挑着我,另一头挑着我的想象

在小区的林荫道上走
邻居家的鼾声有节奏地拨正我杂乱的脚步
我在想,昨夜他一定是在数一叠叠哗哗作响的钞票
不然的话,他的鼾声怎么能打出一连串的 1234567

一条小狗和我一样起得很早
不过它在一路地闻什么
我什么也没有闻
直到它闻到我一身人味的时候
才停顿下来,抬头看我一眼
又走了

是不是每年的初一都这么清洁明亮
要是,明年我一定又起一个早床

季节在树下转来转去

一树桂花开了又收了
季节在树下转来转去
足以把人转晕

树的皮肤和我的皮肤挨得很紧
把岁月挤成一条缝隙
我和你说话的时候突然膨胀
我们的声音
就变得非常苍老

没有人考证季节与树的年龄
只看到几枚叶子在我的灵魂上腐烂
那块土地长过几回新芽

木鱼的声音一下一下敲醒清晨的梦魇
我清楚地记得
梦里你把一枚竹叶含在嘴里吹三声
定为我们下辈子相遇的信号

今夜有月

风一吹,月亮就掉进池塘里
水也光明
人也光明

带着风,在水面上散步
能看清母亲的那张脸
一会儿把岁月咧成褶皱
一会儿把思念挤成泪滴
月亮,一半圆在天上
一半缺在我心里

突然觉得自己变得很小很小
像一粒尘埃
落在一枚尖尖的荷叶上
在水中,一洗,再洗
还是洗不掉脱离母体时的胎皮

夜晚没有雁飞

和雁的对话是一段想象
比如初恋,那段热乎乎的独白
也是一段想象

今夜有月,有影子,有烟斗
我点燃一斗烟
燃烧和故乡之间的距离

汨罗江,弯了又弯

(一)

一绺夕阳搁在船上
一只船搁在沙滩上
沙滩上两行脚印
是船桨的两行眼泪

(二)

汨罗江弯了又弯
再弯
一阵山歌跟着弯了又弯
再弯
在一座拦江的石堰下面
一同进了渔夫的网

(三)

一个潭是一个浴池

一群少女是一群仙女

潭水动了动

少女的腰动了动

岸边的一双眼睛

一动也不动

(四)

台湾诗人余光中说,蓝墨水的上游是汨罗江

我说汨罗江的上游是梦乡

梦里,我变成一只大王八

驮着屈原的尸体爬上了岸

(五)

河里涨水,涨齐了女人的乳房

和尚在雨里念经

头没有湿

袈裟湿透了

（六）

紧紧地抱着汨罗江

有了男人的冲动

一场雪的想象

第一场雪,还在下
不是我想象的叫停就停
看来,它真的不像一匹马
抓住它的鞍就可以将它征服

我在雪中行走
头上的白雪像山一样
走在后面的和尚
他的头上没有山
他的山,被敲碎在木鱼的声音里

雪花是眼泪做的
天上留不住了就纷纷落下
让地上长满眼泪

我赶紧回家了,还牵着儿子
躲在屋檐下偷偷地看

看雪越来越大

看行人愈来愈少

我希望行人不要把雪踏融了

让雪堆得很高很高,不融

因为雪融了人间便都是眼泪

一场雨要持续下去

一片云不想走,赖着
在头上,越来越久,越来越黑
会弹琴的小松鼠走了
会唱歌的百灵鸟走了
走不开的是家门前那个大石头
他想顶起一块天

齐齐整整的雨落在齐齐整整的村庄上
齐齐整整的水铺满齐齐整整的河流
弯道处水走不动
像撑着拐杖的爷爷
只是爷爷在直路上也走不动
爷爷走不动,坐在地上
水走不动坐在街上,而且见缝就坐

一场雨下得很久
一台挖掘机把去年封好的河口又挖开

洪,泄得很快

屋子也垮得很快

乡里乡亲的心垮得更快

一场雨很猛

其实是一场泪

一场雨没有停的意思

和尚在寺庙里念着经

善男信女在和尚面前念着菩萨

菩萨眯着眼,掐着手指

算一片又一片烧完的纸钱

一抹阳光

一抹阳光疯狂不起来

喝一口春风就醉倒了

倒在古老的石井上

像一个沉重的井盖

听井底之蛙谈论着一块天的大小

一抹阳光在柳丝上飘

水里的倒影像一对恋人

他们的头发像风吹的柳条

一抹阳光照在一顶穿孔的草帽上

草帽发的芽是几根花白的头发

草帽的根是和一头犁田的牛同步的一双脚

一抹阳光落到她的脸上

她的笑意滚烫,和我梦里的一样

游宝峰湖

一条船,拖着十几个人的乡愁在狭缝中行走
水累了,山也累了
浪,撕开我起伏的胸脯
无数条鱼十分卖劲地啃着我的五脏六腑
让我死了这条心

目光被山峰剪断
掉落水里
像十五的月亮从天上掉下来
亮了故乡,亮了你
却亮不起李白之霜染白的那条小路

是谁拿起一阕山歌狠狠地砸我的脊梁
像鼓的点子,把周围的青山
震得前仰后合

对不出情歌,导游说
阿妹要把我留在船上,九年
我默默地对着妻子忏悔

后记

  不问收获,但问耕耘。对我来说这是一种最好的心灵慰藉,因为收获不到秋天的累累硕果,能收获到一滴滴辛勤的汗水和一排排跋涉的脚印也是一件幸事。我知道在文学的天地里,我不能成名成家,但我懂得,在这条曲折陡峭的山道上,能欣赏到春天的万紫千红和冬天的蜡梅歌唱。我的心会像一朵云,一会儿傍着悬崖,一会儿傍着月亮。当自己用情感的温暖孵化出一首美丽的小诗的时候,与其说是吃了一坛蜜浆,倒不如说变成了一只轻快的小燕子,用翅膀剪二月的春风和三月的蛙声。

  心潮涌动的时候,我《想念春天》,尽管《风,推了门一下》,我仍然《让心静下来》,等待《一滴眼泪打湿了落日》,然后点亮《一盏心灯》,慢慢地品尝《父亲的味道》。在生活中,我们往往碰到一些事,让你的心情想静也静不下来,因为那是一种感情的牵挂和对社会认知的一种躁动,你不说,它会压抑你的心情，让你痛苦不已，而这种痛苦的过程便是诗的孕育过程，只有这种孕育拱出了薄薄的土地，长成了一棵小草，或者开出一朵小花，你才感觉出一种快乐，一种超脱。至于那棵小草能否顶起一个希望的早晨，那朵小花，能否点缀一片美丽的春天，我便不过分介意了，因为早晨知道，春天知道。这也许是我歪曲的诗观。

在人生的经历中，总有一些风风雨雨，总有一些阴晴圆缺，或是心潮起伏，或是寂寞孤单，那个时候我便"牵着狗，遛……"任"晨光把我们重叠，拉长，一个人模狗样，一个狗模人样"，或者等"有一天，你把我的舌头咬断，我伏在你起伏的胸口，哑然"。在这样的心境下，我把感觉写成诗，让诗来表达我的感受，表达我的心迹。

母亲和父亲一样，是我生命中最重要的人，只有在外面讨生活，长期看不到母亲的时候，才能感受到母亲的分量。只有把它写成文字，我才觉得无论走到哪里，在心灵上我和母亲没有距离。"母亲住在故乡那头，故乡好重，把我高高地跷起。将母亲接回来和我一起居住，故乡好轻，被我高高地跷起。其实我知道，是游子好轻，是母亲好重……靠在母亲的肩膀，心，靠着了岸，哪怕狂风暴雨，感情的土壤也没有水土流失。

这一天，我离开了故乡，故乡变成了游子。母亲悄悄地捏一豆灯光，密密的缝，缝出一条回家的路。"

正是我把这些情怀和感受，把人间的爱与恨，把人与自然的美与丑，当作一粒粒种子，种在自己薄薄的稿纸上，便长成了诗，长成了诗歌集子。

我感恩大自然的给予，感恩父母的养育，感恩老师和学长的关爱，让我在不问收获的季节里有了收获，我会《搂着大地等一颗星星》，等一颗星星去照亮我前行的路，去点亮我的希望，我的爱。

我要特别感谢全国著名儿童文学作家吴牧铃老师，牺牲自己宝贵的时间给我作序。他的像诗一样的文字，像金子般的评价，永远是我诗歌创作道路的鼓励和鞭策。我要感谢老同学胡和今为我题写书名，让诗歌集子增添了厚重和色彩，要感谢魏润滋先生和出版社的编辑老师及所有关心、支持我的亲朋好友，你们的辛勤付出让我不断成长。

尽管"夜，很小很小，小成一滴水，滴在叶子上，小成一滴眼泪，从睫毛上滑落"，我会守在寂静的夜幕下，等待天边那颗启明星的升起。

2025 年 1 月 18 日
于墨香源书屋